青春暖伤小说

青芒散尽又经年

陈东枪枪 著

SPM 南方传媒 花城出版社

中国·广州

图书在版编目（ＣＩＰ）数据

青芒散尽又经年 / 陈东枪枪著. -- 广州：花城出版社，2023.1
（海啦啦青春书系）
ISBN 978-7-5360-9632-5

Ⅰ．①青… Ⅱ．①陈… Ⅲ．①长篇小说－中国－当代 Ⅳ．①I247.5

中国版本图书馆CIP数据核字(2022)第210332号

出 版 人：张　懿
特约策划：汪　黎
责任编辑：夏显夫
责任校对：李道学
特约编辑：陈如松　李广媛
技术编辑：凌春梅
文　　字：无下阿蒙
封面设计：庄海萌

书　　名	青芒散尽又经年 QINGMANG SANJIN YOU JINGNIAN
出版发行	花城出版社 （广州市环市东路水荫路11号）
经　　销	全国新华书店
印　　刷	佛山市浩文彩色印刷有限公司 （广东省佛山市南海区狮山科技工业园A区）
开　　本	880毫米×1230毫米　32开
印　　张	7.875　1插页
字　　数	190,000字
版　　次	2023年1月第1版　2023年1月第1次印刷
定　　价	39.80元

如发现印装质量问题，请直接与印刷厂联系调换。
购书热线：020-37604658　37602954
花城出版社网站：http://www.fcph.com.cn

我们要看时间流过掌心，才知道那时年少。

我们要看青芒散尽，才知道那是青春。

目 录

序章 / 001

第一章 / 003
彭泽

第二章 / 017
逃离

第三章 / 029
以吻封缄

第四章 / 040
渡船摇晃

第五章 / 052
我会保护你

第六章 / 062
哪个才是你真实的灵魂

第七章 / 072
瘴毒花朵

第八章 / 084
天使

第九章 / 090
雨水

第十章 / 098
山间茶花

第十一章 / 106
洛青

第十二章　／ 114
做自己

第十三章　／ 122
你听不见

第十四章　／ 132
谣言

第十五章　／ 138
你为什么变成这样的人啊

第十六章　／ 145
夜市打架

第十七章　／ 155
期末考试

第十八章　／ 165
春天

第十九章　／ 171
往事

第二十章　／ 182
坏孩子

第二十一章　／ 193
小丑

第二十二章　／ 202
遇见

第二十三章　／ 215
荆棘丛林

尾　声　／ 230

序章

他吸了一口烟,就被自己的妻子截下来按在烟灰缸里熄灭了。

妻子问:"你什么时候学会抽烟的?"

他:"我一直都会!"

妻子:"但是我从来没有见你抽过。"

他:"你不知道的事情还有很多。"

妻子听了他说的这句话愣住了,她知道他总是会半夜一个人上网。

在那搜索栏里出现的最多的一个词叫作彭泽。她会跟着他的搜索点击进那个词条,而出现的是:

> 彭泽,位于江西省最北部,赣皖两省交界处,长江中下游;地势自东南逐渐向西北倾斜;地处中亚热带的过渡带,四季分明。

这是一个沿江的二三线小城。从搜索词条里显示的图片来看,那是一个被树木荫蔽的城市,码头还泊着船只。

她知道那是他以前生活过的城市。在那图片展现的巨大树荫里，她仿佛还能看见他曾在这座城市生活过的影子。

这些影子分散成一段很漫长的时光，漫长到足够覆盖他的整个青春。

即使她窥探得到这些，但是她依然无法知道某个夏日，或者某个冬日他在这座城市里发生的故事，那些关于渡船摇晃，鸣笛发哑中，少年有着英俊脸庞，少女有着像被悲伤洗过一样的眼神的故事。

但这些故事已经被时光风化，变成了他心上的一道无法愈合的隐秘伤口。如果他不提起的话，就没有人会知道。

包括她。

第一章　彭泽

当我们离开一座城市，是否经常会在梦里梦见它，在梦里所有的一切都是我们青春还没有开始崩塌时的模样。

1. 安然

彭泽在安然的梦里所有的一切都停滞在十年前，她离开的那个夏天。她一直觉得这座城市，不会苍老，不会毁坏，只会同她一起死亡。

那些停滞在梦里的故事，它们没有任何的回响，只不过是在一遍一遍地重复着过往。

安然在厨房做饭的时候，正想伸手去拿搁架上的酱油，才记起来酱油已经用完了，她扭头朝着门外的母亲喊："妈，帮我拿一下酱油，下午新买的，就在书包里。"

半天也听不见回应，她拉开厨房的铁皮折门，伸出头往外面看，母亲只是跷着腿坐在沙发上，冷着脸。

"妈！"安然再喊了一声。

"酱油，酱油！就知道扯着嗓子喊，自己不知道出来拿一下。"母亲冷哼着，没有动。

"算了!"安然哗啦一声就把铁皮折门关上,闩住了保险栓。

饭菜好了以后,安然听见门外有掏钥匙的声音,她知道应该是父亲打牌回来了。钥匙拧开了锁芯,脚步声还未到客厅,母亲尖厉的嗓门就像唱戏一样咿咿呀呀地开始了,随之客厅里就传来摔东西的声音。

安然在门内立了一会儿,才端着菜拉开门:"别吵了,吃饭了!"她的声音割开客厅里正在对峙的两个人。

饭菜上桌,父母依然冷脸争吵着,安然在他们一来一往里安静地吃着饭,在母亲把筷子摔在菜碟上弹到她脸上时,她才爆发:"能不能不要吵了,一天到晚,连吃个饭都要吵架,你们要是不想吃,我下次就不做了。"

她把掉在地上的那根筷子捡起来,然后就往厨房走,才到门口,一股臭味就直接冲进鼻腔,她顿时忍不住,冲进厨房呕吐起来。

安然时常觉得自己的家里就是一个战场,不知道何时天上就会掉下一颗流弹来,把人炸伤,炸死!

这片战场也总是透着让人绝望的气息。

自己俯身的洗碗池正好与厕所连接着,刚刚的臭味就是从这里传出来的。厨房之外就只有一个小客厅和一个卧室,安然和母亲睡在卧室那张木制的床上,由于年头久了,只要一翻身,床总是会吱嘎吱嘎作响。而客厅里除了吃饭的桌椅,就只有一张旧沙发,父亲平时就是躺在上面睡觉。

家里的墙壁因为雨水内渗,逐渐长霉发黑,就算特意换了瓦数更大的灯泡,好像也永远都照不亮这间屋子,更照不亮她。

晚上安然躺在床上,却没有什么睡意。她脑子里想着下午在画室的时候佘老师跟她说她很有美术天赋,让她系统去学美术的事。

系统学美术？她妈老说："美术那种东西都是有钱人家的孩子学的，你就不要想了，家里供得起你念大学就不错了！"

她叹了一口气，翻了一个身，床就嘎吱嘎吱响起来。

吵架归吵架，日子还是要过下去。

第二天一大清早父亲就敲响了她的房门，在一切收拾妥当以后，父亲破三轮的声音就在街上"突突"地响起来，他们要去江边拉昨天跟渔民定好的活鱼。

在出门的时候，她的眼睛陷入一片黑暗里，但她已经可以不凭借任何光亮而准确地走到那道水泥围栏那，而顺着围栏下去是一道长长陡陡的阶梯。站在这道水泥围栏后面，白天从这里看到伏在底下的房屋和远处的江面。

安然在车斗里被颠来颠去，在感觉身体里的器官都要被颠出来之前，终于到了江边。江边的渔船早都在码头靠了岸，全排在江面上等着。渔船的大灯把码头上照得通亮，就如同白天一样。

父亲刚把三轮停在码头上，就听见有人喊："老安来啦，你昨天定的鱼我给你备好了。就是鲢鱼缺了几尾，要是今晚能多捞点，明天补给你好了！"

鱼都装好后，父亲就又开着三轮"突突"地往菜市场去，把摊子弄好，安然看了一下表，离早自习开始只有半个小时不到，安然赶紧拿了书包，喊了一声"爸，我走了！"人就已经消失在菜市场里。

她用百米冲刺的速度跑了两百米，终于追上了那辆即将开走的公交车，往车厢后面走的时候她只觉得眼前有点发黑，她赶紧顺着扶手就蹲了下来，就在她蹲着闭着眼睛喘气的时候，感觉有人碰了碰她的背。可能是挡到别人了，她赶紧往旁边挪了挪。可过了一会儿，那个人又碰了碰她的背。

她不耐烦地回头看过去，一个穿着与她同样校服的男生微笑着对她说："你来这里坐吧！"然后在她还没看清那个男生的脸时，男生已经站起来把位置让给了她。

坐下后她用手扶额头抵制自己的眩晕感，她在心里想下次一定要吃早饭。下车她才想起来忘了跟别人说"谢谢"，但看着眼前奔跑的好几个穿着校服的男生，她一时辨不清到底是谁给她让的座。她只记得那个人的微笑很暖和，就像是冬日里的暖阳。

安然前脚跨进教室，后脚早自习的铃声就响起了。

她刚坐下，就看见桌子上发下来的数学试卷。卷面上赤红的38分，让她本来还有所起伏的心一下就沉到潭底去了。这么低的数学分数，她也不知道自己当初是怎么考上乔木高中的。

乔木高中作为彭泽唯一的一所省重点高中，这里输送的都是考清华北大各大顶尖高校的学子，而她就像是混进来的一样。从小学就数学不及格的她，要不是在中考那年一时脑袋开窍考了101分，此时她有可能已经遵循父母的意志回家卖鱼去了。

而那也应该是她人生唯一的一次数学巅峰，然后就都是深谷，丢下石头去都不会有回响的那种。

她把试卷收了起来，转头就看向班级里的学霸聚集地——教室中间靠讲台前三排的位置。而他们班的年级学霸江辰就众星拱月般坐在那最中心的位置。安然想他们这些人应该天生不会为考不及格发愁，他们只会为没有更接近满分而难过。

"哎！"她重重叹了一口气，人和人到底是有差别的，不想承认都不行。

放学铃一响，安然就如离弦的箭一般奔出去赶80路公交车。从乔木高中去画室只有80路这一路公交车，错过了一趟就要等很久。等安然冲出校门的时候，80路公交车刚好到站，她被推推搡搡着上了车去，一点都没有发觉自己怀里抱着的三毛全集被挤得掉了下来。

安然站在靠窗的位置，下午的阳光带着足够的热度从车窗里打进来，晒在她脸上。

车子拐了弯，车厢里的阳光就敛掉了。她一抬头就能看见那些高过屋顶的巨大树木，在眼前一棵一棵地倒退。

在彭泽有三样东西好像永远都没有尽头。

一就是这头顶上繁盛的树荫。在彭泽你抬头的时候很少能看见有整片的天空，只能看见那些横伸的枝叶，从空中投射下巨大的阴影，把整个彭泽都包裹住。所以不管你怎么穿梭，好像永远都还在树荫底下。

二是连绵不断的雨水。在彭泽雨季似乎贯穿了四季，那些频繁的雨水，只要下起来就会没日没夜，无休无止。那些雨水会在积蓄以后，化成泪水，绵延在每一个人的心中。

三是奔流不息的长江。彭泽是一座江城，从远处望向江面，会觉得长江像一条白色的带子，环着彭泽的外围流过。而站在码头上，会看到江面上行如黑蚁的各色船只。江水无声地流淌着，一直流出目力所能及的范围。

走了许久，车子终于到了站点，安然从车上走下来，头顶上的树叶在哗哗作响。安然抬头看了一眼，感觉似乎有什么潮湿的东西滴落在了她的眼睛里。

安然也是很多年后才意识到那天滴落下来的是彭泽那被树荫包裹下的巨大忧伤。

它弥漫在每一块树荫里，甚至流淌在江上。

2. 江辰

江辰看着 80 路公交车走过，喷出来的尾气刚好扑在他脸上，顿时让他停下单车，捂住了口鼻。

等到公交已经走过去好远，江辰才又把脚跨上车，准备走。但是他目光一瞥，却瞥到躺在站台边上的一本《三毛全集》。

这年头还有谁会看《三毛全集》？

脚一发力，车轮就旋转起来。在车轮碾过路面即将远去的时候，他犹豫了一下，捏住了手刹。他倒退回来捡起了这本书，却看见书的扉页里写着：

谁能带我逃离
高二 2 班　安然

很简短的一句话，但是裹挟着无限的悲伤直冲他的胸腔，好像要从他的嘴巴里呐喊出来。

逃离！安然！

江辰把这本书塞书包里，车轮又开始旋转起来，在骑了差不多三十分钟以后，江辰才到家。一进门，贝多芬的第二交响曲就塞满了他的整个耳朵。父亲此时正坐在沙发上看书，见他进来只是稍微抬了一下眼。在他低头换鞋的间隙里，母亲拉开了厨房的门，从里面露出头来："还有一个汤，我盛起来就好了，你先去洗手吧！"

他"嗯"了一声就去洗手。等他洗完手回来，饭菜都已经摆上桌，每一道菜都是精心烹制的。

吃饭的时候，母亲会不断地往他碗里夹菜，让他多吃点。他会伸碗过去默默地接过母亲夹的菜，然后沉默着吃起来。在牙齿上下咀嚼和吞咽的过程里，他看见母亲满意的表情。很多时候他都觉得母亲看他的时候是在看一件工艺品，而不是真的在看自己。

从小他就知道，母亲一直想把他培养成一个无论是学习方面，还是生活方面，各个细枝末节都要做到极致的人。大家都是繁星，而他必须要做那一轮皓月。

吃完饭，父亲照例是回沙发上接着看书或者去洗澡，而母亲则在收拾桌上的碗筷。他没有想要帮忙，因为在以前他想帮忙的时候，母亲总是会很心疼地看着他的手，说："你的手是用来写字和弹钢琴的！"

所以他从沙发上拿起自己的书包，就朝房间走去。

回了房间，他把书拿出来准备做习题，那本《三毛全集》也一起被带了出来。他看着那褐色的书皮，翻开，扉页上的那行字像是带着抓力一样牢牢地抓住他的眼睛，让他盯在上面。

字迹并不显得娟秀，反而有一种用了很重力气书写的钝重感，好像是一个人倾注了她所有的情感在笔尖上，才会写出这样力透纸背的字来。

"谁能带我逃离。"嘴唇翕动之间他缓缓地念出这行字。

这样的话对于他来说就如同是天上有一道闪电，正好击中他的神经末梢，让他的整个脑子都一阵战栗。

自从跟父母搬来彭泽，他就一直很心安理得地住在这里。即使他在半夜醒过来的时候有一种被人扼住了脖子的压力感，他也从来没有想过要离开。

此刻他好像又记起来小时候站在颁奖台上领奖的时候，他站在台上看见母亲在底下向自己投来的殷切目光，还有别人艳羡的目光。

那些目光就像无数看不见的丝线，慢慢地向他伸过来，然后紧紧地把他裹住，让他再不能动弹一下。此后他就都像一个牵线木偶一样，每一个动作都受那些丝线操纵。

呵，怎样才能逃离得了呢？他苦笑了一声再次看向书本上那行字，然后他合上了书。但在合上书的间隙里他瞥到了那行字下面的署名。

　　高二2班　安然

"安然"不需要太过于用力去张开嘴巴，这个名字就脱口而出了。

高二2班，跟他同班。但是他在脑子里却连安然脸的具体的映像都拼凑不出来，只是隐约觉得这个女生很瘦，话很少。

明天还是找机会把书还给她吧！

随即他抽出底下的习题册，飞快地翻到下午放学时自己还没有演算完的那道题。仿佛做了很久，外面的天已经黑下来。

今天这道题好像格外难，他在草稿纸上演算了好几遍，每一次算出来的答案都不一样。他叹了一口气，放下笔，眼神望向窗外。

而此时他看见住在自己对面的洛青刚好从外面回来，他隐约能听见洛青母亲温柔的声音："回来啦！今天累不累呀？"他看见洛青把书包放下，摇了摇头后亲昵地揽着母亲的肩膀，微笑着不知在说些什么，然后逗得母亲捂嘴笑起来。

他看在眼里，有点失落。

跟洛青家比起来，自己的家这种温馨好像总是缺少一些温度。好像是在高山上煮水，永远都达不到沸点。

江辰起身把窗帘拉上，把洛青家其乐融融的场景都挡在外面。看着草稿纸上密密麻麻演算的各种公式数字，他有些泄气，但还是拿起笔又从头开始捋起。算到最后他又算出了另一个新答案。

到底是哪里出错了？

在学校里，他最喜欢的科目就是数学。因为数学最具有固定性，只要能抽出里面的逻辑，不论你套用什么公式，用什么证明办法，最后都能得出一个相同的答案。

就像他前面十几年的人生，他一直规规矩矩地按着父母给他造的那个框子走着，在这个框子里不论他朝哪面走，都能得出一个恒定正确的答案，那就是你要优秀！

所以在每一次他取得漂亮的成绩，参加各种比赛获得奖章，还有当他走在路上别人投来羡慕的眼光的时候，他都觉得这些东西天然就是要属于他。

但是在框子里被困得太久，如果你一挣扎，你就会觉得痛苦和迷茫。就像现在的他一样，在草稿纸上算了那么多遍，都还没有算出那个恒定正确的答案，他顿感焦虑和害怕。

课间只有十五分钟的休息时间。

江辰看见安然从教室里走出去了，他拿了书也跟了出来。在安然快要穿越走廊，下楼梯的时候，他在背后张了好几次口，终于叫出来："安然！"

女生回头，有点惊讶地看着他。在看着安然背影的时候，他在心里想也许这个女生会稍微有点不一样，但在看到安然露出惊讶的眼神的那一刻他有点失望，因为所有的女生都用这种眼神看他。

他向安然走去，把手里的那本《三毛全集》伸向她。

他在等待着。只见女生略微抬起头，然后又迅速低下头看了一眼他手里那本褐色封皮的《三毛全集》，然后从他手里接了过去。他听见她说了一声"谢谢"，然后她就消失在了楼梯上。

第一次，没有如他期待的那样等来受宠若惊的眼神。他心里升腾起一股很奇怪的感觉，好像猜谜语一样，他信心满满地以为自己知道了谜底。但是等答案翻出来的时候，才发现自己只是太过于盲目自信了。

这好像还是他第一次受到别人的冷待。

以前他在学校里跟女生说话时，哪怕只是说一句"你的东西掉了！"那些女生都会回过头来一脸欣喜地看着他，说："哇！江辰！"

在学校里有太多女生追捧他，从他入校开始，就经常会收到各种各样女生塞到他抽屉里的情书。回家打开QQ以后，还有各种莫名其妙要加好友的请求。他曾听到女生都在私底下称呼他为"My Prince Charming"。他觉得有点好笑，看来他不止符合了父母对他的期待，还符合了女生对于白马王子的期待。

但是他不会是谁的白马王子。

正在他望着底下空旷的楼梯发呆的时候，预备铃响了。这时候学生都冲着往教室里扎，他也安静地走回教室。

现在他们已经升上高二，也从最高楼层的教室搬到了现在的三楼。而那些比他们更年轻更稚嫩的脸庞会打闹着从他们教室旁的楼梯跑上去。

他时常觉得像他们那个样子才算作是"青春"，而不像自己，平时走路做一个夸张的动作都很害怕被人看见而嘲笑自己不够绅士得体。

课程总是上得漫长而无聊,一节课 45 分钟的时间,他总觉得好像被延长了数个小时。老师还在黑板上讲着前面几章的内容时,他已经把后面的好几章都预习完了,甚至连习题都做完了。

所以他抬头不动声色地看着粉笔灰在空气中浮动的轨迹,在他侧过头去的时候,正好看见安然低着头不知道在看什么。他把侧头的幅度略微调整得大一些,才从桌子底下的空隙里看见安然正在看上午他还给她的那本《三毛全集》。只见安然抬手把遮挡在她左边脸颊上的一缕头发挽到耳后去,随即还抬了一下头看了一眼黑板前的老师。

这让江辰赶紧扭过脸去,生怕安然看见他在看她。但是安然只是抬了一下头又低下去了。

江辰只觉得自己握着笔的那只手的掌心里出了一层黏腻的汗,他低下头去假意在草稿纸上快速地演算着。等到放学他收草稿纸的时候才在上面看见写着密密麻麻安然的名字,他赶紧把草稿纸塞进书包里,然后快速跑出了教室。

在他骑着车走出校门的时候,他看到一道人影冲了过来,他还没来得及捏刹车,车轮就已经撞到了人影的腿上。没有听到因为撞击而发出的惨呼声,反而一声清脆脆的"江辰!"好像在地面跳跃了一下然后传进他的耳朵里。

随即一股嫌恶的感觉就从他的五脏六腑奔涌上来,聚集在他的脸上。

眼前被撞的这个人就是冉赤若。

这个女生从高一开始就缠着他,总是给他写一大堆乱七八糟的情书,买各种他不爱吃的零食塞到他桌子里,而且还经常把他摆得整齐的课桌弄得杂乱不堪。每次进教室看到这些他就会觉得无比烦躁，然后一伸手把那些东西全部扫到垃圾桶里去。

如果冉赤若只是送送零食，写写情书的话，他没有必要讨厌她到这个程度。他讨厌的是她总会像现在这样突然就拦下他的车，然后缠着他一直问他有没有看她的情书。如果他不理她，她就会拽着他的单车不让他走，像一条癞皮狗一样对他死缠烂打。

说是讨厌她，更应该说他是在鄙夷她。鄙夷她总是看见好看的男生就朝他们吹口哨，鄙夷她总是把头发染得乱七八糟来吸引人的目光，鄙夷她像现在这样缠着自己也只是因为觉得他长得好看，鄙夷她肤浅。

而且还因为冉赤若老这样缠着他，学校里早就各种各样谣言满天飞，每次他听到的时候都不禁蹙眉。

只见冉赤若笑嘻嘻地，手里还拿着一本书，说："江辰，我有问题请教你？"

他沉着脸，扭正了车头，根本没有理会她也没有道歉就直接骑着单车头也不回地跑了。

鬼才会相信她是有问题要请教他。

3. 冉赤若

看着飞也似逃命的江辰，冉赤若在后面爆发出一阵大笑。

随即朝着江辰逃跑的后背喊了一声："你跑什么，我真的有问题请教你！"

但是江辰听见这个，却更用力地踩踏了几下脚踏。顿时风便把他的校服吹得鼓荡起来。冉赤若从后面看过去，只觉得是一个胖子刚刚从她面前飞驰而过，然后在拐角处消失不见了。

但是江辰才不会是一个胖子。

  他是一个长得高瘦且好看的男生，她记得第一天来乔木高中报名的时候。从车窗里看见他，他就是这么好看的样子。

  乔木高中的地理位置就像一个水坝，整个校园深深陷在后面的蓄水库，校门前的威尼斯河就是坝堤，而往下校门前那条开阔的马路就是水库下排水的河流。从这条河流走出去，才是主街道。然后主街道往右拐一点是一个红灯十分漫长的十字路口。

  所有前来报名的车辆都塞在这个路口不能动弹，焦躁的鸣笛声里似乎都流出了温热的汗。

  她坐在半个小时才挪动了几寸的出租车里觉得气闷。她摇下车窗，伸头望了一眼前面的车队长龙。

  所有的车子在日光的暴晒下像是蒸腾起了一股看不见的焰火，烧灼着人的情绪。好像找到一个缺口，整个路面就会失控。

  在她还没有把头缩回来的时候，车子的后面就炸起了一声暴喝："你他妈到底会不会开车，看看把我的车撞成什么样！"

  所有人都伸出头来朝后面望，而这时在她侧前方的车辆里也突然伸出一张脸来。

  而这张脸就是她考乔木高中最原始的动力——江辰。

  这比她在照片里看见的他要好看百倍，照片里的江辰只有半个侧脸，而头发也都快要遮住他的眼睛。而眼前的江辰是会呼吸的，她看见：

  江辰眨动了一下眼睛，睫毛带动空气里的浮尘。只见他在往后看了一眼后，便微微蹙起眉，肌肉拉动他脸上的皮肤，让他的下颌骨更为明朗清晰。

  他的脖颈也很修长，脖子侧边的骨头因为扭头而突兀出来，少年人那种锋利而又坚硬的身体轮廓立马显现出来。

  别人在看到后面的事故以后，纷纷窃窃私语起来，江辰却安静地把头转了回去，在他转头瞬间，眼神划过她的脸。在那须臾之间江辰根本都没有注意到她，只是她执着地认定江辰那一眼是看了她的。而且她还清楚地记得江辰那时的眼神，平静而冷冽，没有他这个年纪的男生该有的炙热和毛躁。

她那时就明白，想要打动江辰，是一场持久战。但是她没有想到，这场战役打了这么久，还是她在节节溃败，一点胜利的曙光都没有看到。

她再次看了一眼江辰消失的那个拐角，脸上的笑容顿时也如同日落时候的阳光一样，一下就消散了，只留下无限失落感。

但是既然她已经做了扑火的飞蛾，那她就不会退缩，她只会化成更烈的一把火。

第二章　逃离

那些被时间，被大风吹走的故事，都在我们的心房里，结起了一个茧，等待着，我们下一个想要逃离的青春。

1. 安然

每天等到下午第二节课的时候，阳光会从窗户外照进来，正好打在安然的身上。

平常这个时候安然都在看一些闲书，阳光印在扉页上那种金灿灿感觉，让她整个人似乎也沾染了这种温暖的光感。

但是今天课上到一半的时候，数学老师突然叫学习委员江辰去办公室里拿一下已经批改好的期中考试的试卷。只见江辰抱着一摞试卷从外面走进来，伸手递给老师后就开始往自己的座位走。

江辰每走动一步，空气里都有眼神跟随，那些眼神落在他的脸上，他的衣服上，甚至他鞋子上的 logo 上。

安然也从书页中抬头，在阳光中眯缝起眼睛来偷偷打量江辰。

她看见江辰被黑白的校服包裹着，拉链拉到锁骨下，脸庞白皙干净，只有下巴上像是有一块浅淡的瘀青，她知道那是男生因为步入青春期长出的青色的胡楂儿。

他的眼睛虚茫地扫过眼前的一切，他在位置上坐下来以后，手指翻动书页，白皙分明的骨节就凸显出来，而他的侧脸，也像顿生了棱角，隔绝了周围的所有人。

在这偌大的教室里，他似乎离人群很远。

在发觉自己像一个变态时，安然赶紧把自己落在江辰脸上的目光收回来，心里却想起上次在课间江辰叫住她，把《三毛全集》还给她的事。江辰居高临下地看着她，让她抬了一下头以后再也不敢去接触他的目光，所以她在接过书以后说了一声"谢谢"就飞快地跑了。

不是因为她害羞，从入校开始，她就一直是一个游离在人群边缘的人。她总保持着第三者那样的缄默，因为她根本不知道怎样去与人热闹地讲话。也因为她的低气压，她在学校这么久，居然没有一个朋友。

因为这样，她学会了以第三者的身份去看待身边的人和事物。所以每一次在面对父母的争吵，还有别人对她有意无意嘲讽的时候，她都能无视过去，当作是发生在她身上的别人的故事。

这样的时间久了，她的心上仿佛长了一层苔藓，湿漉漉的，好像一捏就会流出水来。

不知不觉就是最后一节课的末尾了，在班上的同学已经准备好班主任一走就立马冲出教室时，班主任却在上面拍了几下讲台说肃静，然后宣布说这次期中考试的成绩也出来了，现在要根据你们的成绩进行调座。

所有的同学都被聚集在教室外面，等待着叫到自己的名字时走进去坐在班主任指定位置上。所有同学的位置都指定好时，教室里就是一片搬动桌椅的声音。

但是教室前三排学霸们的位置基本上没什么变动，江辰依然坐在他原来的位置上。

让安然没有想到的是班主任居然把她调到了江辰的后面，一众好学生堆里。坐在这里安然有点惶恐，她从桌洞里掏出自己那分数惨淡的数学试卷，怎么想都觉得自己有点名不副实。

不过她的这种惶恐第二天就得到了班主任的安抚。班主任把她叫去办公室，分析了一下她各科的成绩，最后的总结就是她数学偏科太厉害，其他科目只要保持住想考一个好大学是没有问题的。然后还说把她调到现在的位置，就是希望她能和班上成绩好的同学多学习。数学上遇到不会的问题要大胆地开口问，同学们都会帮助她的。

安然只是看着班主任镜片上的一点水渍，一连"嗯嗯"地点头，最后终于在等到班主任那句"你先回去吧"后，匆忙就跑回教室。

进教室的时候，她在跑动的间隙里看见江辰好像正在为一道题蹙眉。

好学生的生活都这么辛苦吗？

那一瞬间她突然有点同情江辰。觉得其实在这个世界上每个人都是一样的，没有人能过得轻松快乐。人通常只能看见那些浮在表面上的美好，却发现不了那些美好扎根在泥土底下的东西，也许比她的还要难过好几倍。

想到这，她用一种悲悯的眼神看了江辰一眼。但是只是那一眼，江辰似乎感受到了她的目光，抬起头来看她。

他们的目光刚好相接，但是两个人都急忙把眼神撤了回去。

刚刚那是同情吗？江辰在把头低下去的时候想。

时间你看不见它在走，但是它跑得飞快。

安然坐在江辰后面已经有一段时间了，每天在江辰身体往后仰从桌洞里拿课本的时候，她都能闻见江辰头发上散下来的好闻的香味。但是这么久了，江辰从来没有转过头，也没有跟她说过一句话。

很多恍惚的时刻里安然都觉得江辰是一个脑子里安插了智慧芯片的机器人，因为他一直不是在抬着头看黑板就是在低着头做习题册，好像永远不知道疲累和乏味。而且很少会在他的脸上看见情绪起伏，就算是上次在学校联谊的文艺节晚会上他一首钢琴曲惊艳四座后，他脸上的表情也都没有任何变化，一直是那种淡淡的，眼睛后面有一层薄冰在浮动的感觉。

"该死！要迟到了！"安然在抬手看表时，已经六点二十九分了，她拔足狂奔。终于在最后一分钟冲进了教室。

她把东西一股脑塞进书桌里，却看见自己的桌子上摆着一份早餐。

她碰了碰同桌叶诗然的胳膊，问她是不是她放在自己桌上的。叶诗然停下正在念的课文，摇了摇头。安然又问了坐在她周边的其他同学，他们都摇头说不是。

那现在只剩下坐在她前面的江辰了，她半天才抬起手拍了拍江辰的肩膀。只见江辰转过身来，用那双眼里有着薄冰的眼睛看着自己。还没等安然开口，就听见江辰说："这是你的早餐！"

她仿佛这时候才真正看清江辰的脸，而江辰的目光也像晨起的雾气一样，飘散过来，粘在她的脸上，让她的脸轻微有些发烫。

那一个回头只有几秒钟的时间，但是在江辰看向她的时候周围的空间好像凝固住了一样。而她也在那几秒钟的时间里好像听见了有什么声音滚落深潭,"咕咚"一声。

在江辰转过头去以后,安然的心脏一直像上了发条一样跳个不停。那节早自习她也根本没有念进去一个字。

那份早餐也一直摆在她的桌上直到失去温度,最后不得不丢弃到垃圾桶里去。

在安然抬手把早餐扔向垃圾桶的时候她还犹豫了一下,又想起江辰转头看向自己的那个眼神,那里面除了浮动的冰块,似乎还有别的。

在第一份早餐出现后,后来的每一个早自习在她如同踩了风一样冲进教室的时候,都能看见桌子上摆着一份早餐。而早餐的东西也是经常变换。有时候会是牛奶和包子,有时候又会是鸡蛋和酸奶。在丢弃了很多次以后,安然都想再拍拍江辰的后背告诉他,让他不要再给她带早餐了。

但是她有点害怕江辰看着自己的眼神,在那种眼神里她总觉得自己非常渺小。所以为了避免造成食物浪费,后来江辰再给她带早餐她都照单全收了。

但是她不会白吃别人的东西的。

如果上课铃是压死学生的最后一根稻草,那么放学铃就是让学生活过来的最后一根救命稻草。

骑过校门口那条很长的街道以后,江辰把车子往右一拐,车轮就已经滑行到红绿灯下。

头顶的红绿灯在跳动了很久以后居然显示还有 79 秒。在这里好像周围所有的人群车辆都被按了暂停键,只等待着绿灯亮起来解除禁令,他也一样。

在他反复捏住手刹又松开的时候,他看见安然正从自己前面的斑马线上朝他走过来。

这让他一不小心拨弄到了车铃。在叮铃声中，别人纷纷看向他，和她。

只见安然驻足："你想去滑旱冰吗？"

生涩的口吻和语气像是突然在空气里灌注了一桶强力胶，把江辰的眼神粘住。安然静静地站在江辰面前，她眼里清亮的光，有一股冷瑟独行的气息。

在等待了几秒钟以后，听见江辰清清冷冷的声音传来："想。"

这时，头顶的绿灯刚好亮了，整个街道开始从静止中动起来。江辰也从单车上下来，身高好像一下蹿了好高。

他们也随着人流从斑马线上走过去，安然说话的声音不大，在人声嘈杂里江辰只能侧过头来，把头放得很低才能听清。

2. 洛青

看着眼前的一对人影在绿灯结束前，并排走过马路，消失在路口。

他收回已经狠迈出几步的脚，退到斑马线上那条白色的线后面。头顶红灯闪烁的数字就像是定时炸弹的读秒，仿佛随时都能爆炸一样。

他眨动着眼睛，脑子里还停留着江辰侧低过头微笑着对女生讲话的样子，还有女生在听见江辰讲话突然仰起头又快速低下头的样子。

空气里好像有谁踩碎了一颗青芒果，汁液流进他的心里，那种酸涩让他皱起了眉头。

江辰为什么会跟安然在一起？

绿灯。他在失落地再看了一眼那个路口后，便随着人群往路对面走过去。

在快要到家门口的时候，却见江辰的父母迎面向他走来，他本来想直接走过去的。但是他们却主动跟他打了一声招呼："小青回来啦！"

他收起情绪，努起微笑也回应了一声："嗯。叔叔阿姨好！"正当他们要错开时，他的脑子里却转过一个奇怪的念头，只听见他开口问了一句：

"阿姨，江辰在家吗？我想借一下他的牛津词典。"

"江辰补课去了，要晚上才回来。"江辰的妈妈脸上像沐着春风一样，"正好我们还没走，你跟我上来拿吧！"说话时也温柔无比。

"补课？但是放学的时候我看见他早早就走了，我还以为他已经到家了。"他跟在后面上楼，看似是不经意的对话。

到了楼上，江辰的母亲沉着脸把钥匙塞进锁孔，然后说："你在这等一下吧，我去给你拿！"

他静静地站在门口，看着门框边贴的各类修水管的小广告，把本来完整的一片墙，弄得斑驳起来。

如果有人在江辰这面光洁的墙上面贴了小广告会怎么样呢？

随即他就听见了高跟鞋从屋子里走出来的声音，他一转头，江辰母亲已经把那本牛津词典递了过来。

他接过词典，微笑着说："谢谢阿姨！"

"谢什么！"

但此时他看江辰母亲的脸上，却好像打了一层霜。

等下了楼，他转身往家走，江辰的父母却好像起了一点小争执，他只隐约听见了一句：他居然学会撒谎了！

他知道这个世界上有些人是在带着使命感而活的,就像是江辰的母亲。

她年轻的时候立志以后要当一名钢琴演奏家,她也的确朝着这条道路前进。等到她以为自己要成名的时候,却遇到挫折——手臂里长了肿瘤,需要做手术切除。等到手术后恢复,她的手指却没有以前那么灵活。以前她一摸琴键,就知道手指在这上面该下几分力道才能弹出最美的音调来,现在她的手指摸在琴键上,却感受不到任何音符的律动。

她的事业没有起色,所以她嫁给了当初还只是一个小公务员的江辰父亲。那时候她的使命便变成了督促自己的丈夫上进,尽快升迁。

等她有了孩子,她的使命又增加了一项,那就是她要把江辰培养成一个优秀的人。

反正她总该有个盼头。

3. 江辰

旱冰场里光线暗淡,鱼龙混杂。嘈杂的音乐像是在他耳边炸裂的烟花,震耳欲聋。

这是一个他从来都没有接触过的世界。

这种世界就像是隐藏在繁华背后的一个小池塘,它带着泥泞,又带着诱惑。

他安静地看着安然换鞋子,之后他转过头来愣愣地盯着自己脚边的那双鞋子,似乎在心里下了一个很大的决心。随即他俯身解开自己的鞋带,把脚从鞋子里拿出来。

"喏,用这个套上吧!"安然伸手递给他两个透明的塑料袋,

"这样的话你就不用担心鞋子被别人穿过了!"

他抬头默默地从安然手中接过那两个袋子,原来一早她就知道他会介意这个。被看穿了心思,他觉得有点尴尬,手上便加快了换鞋的速度。

突然听到安然"扑哧"笑了一声,说:"你们学霸都是这样系鞋带的吗?"随即安然蹲下来,把他已经系好松垮的鞋带解开,在鞋子上狠绕了几圈之后,打了一个结实的蝴蝶结,才说:"喏,像这样子的话鞋带就不容易散了,而且鞋子也不容易掉。"

他低头看着,脸上飞快地升腾起一股灼热感,连着耳朵也一起烧起来。

"另一只你自己试试吧!"安然抬起头来跟他说。

"啊?哦!"他赶忙慌乱地应答,然后迅速俯下身去拆解另一只脚上的鞋带想要隐藏自己的异样。

换完鞋,进入溜冰场。

在场内摔了好几跤以后,他拉着场边的栏杆不敢再动一下。因为只要他一动,腿就不由自主地滑出去了,而身体还留在原地。那种悬空摔倒的恐惧感一直支配着他。

安然也靠在扶手上,问他:"你从来都没有滑过旱冰吗?"

他看着那些在场内一圈一圈滑着尽情舒张身体的人,点了点头:"我从来都没有做过这样'出格'的事情!"

"那你平时都做什么?"安然看着他问。

他平时都做什么?他平时除了在家看书,就是练琴,还有就是做习题,然后就是去参加各种各样的比赛。一想他顿时觉得自己的生活有点荒芜。

所以他扭过头来问安然:"你呢?"

"我平时早上会去江边帮我爸拉鱼,弄完然后去学校,放学以后我有时候会去画室画画。从画室回去以后我会给我妈做饭。"安然说着耸了耸肩,而他好像都能想象到那样的画面感。

她突然问:"那你有自己最想去做的事情吗?"

他沉默了一会儿,摇了摇头。

"你活得太过于拘谨了!"安然说完这句话,突然一推栏杆,然后整个人迅速往后倒退,后方滑上来的人纷纷避让,并伴随着骂声。安然在避让的人中冲他笑,那笑容像一朵在泥泞里陡然开放的花朵,带着倔强清新的气味。

只见安然又滑回来,向他伸出手。

"来吧,不要害怕,我带你滑!溜冰的话最不能害怕的就是摔跤!"说罢安然拉起他的两只手,牵引着他一步一步慢慢地向前。

他照着安然跟他说的"身体前倾,重心向前",好像真的能挪动一点。

现在他一个人已经可以放开栏杆缓缓滑动了。"你们学霸就是学什么都快,我学滑旱冰的时候学了三天才有你现在的水平!"突然安然在他前面不知道是夸赞还是有些泄气地说。

但是因为这样一分神,反应未及,前面一群手拉着手倒滑炫技的人直接撞上安然的后背,安然直接扑向他怀里,把他一起带倒在地。

在听到一连串的"啊"后,就看见场上一连串摔倒的人。

一种骨头好像要散架的痛感让他躺在地上不能动弹,头顶上五光十色的灯球在不停地旋转着。安然的脸就俯在他面前,不断地在呼唤:"江辰,江辰!"一声一声像梦里的呓语。

他忍着痛坐了起来,一副轻松的样子说:"没事!"

安然伸出手来拉他,把他扶回旁边的座椅休息。在休息的时候他整个人还停留在刚刚安然摔向他怀里的那一刻,安然带着惊恐和一股特有的湿漉漉的气质扑向他,然后他整个人像是摔进了一条河里。

在那条河里,他能清楚地听见安然在对他说:"你能带我逃离吗?"

突然,他整个神经颤动了一下,瞳孔瞬间张大,然后因为肌肉的拉扯,还未消失的痛感又淹没过来。

安然有点担心地看着他:"你现在这个样子可以回家吗?"

他说:"嗯!"

从溜冰场出来,在走了一小会儿以后,他们才发现空气里飘着如牛毛一样的雨丝。

在岔路口要分别的时候,安然突然问他有没有去坐过渡船。

他摇了摇头说,没有去过。

他今天好像对安然摇了很多次头,他对安然知道的那个世界一无所知。

然后安然没头没尾地跟他说了一句:"坐渡船的话要下雨的天去坐才好!"说完安然就挥手向他告别。

看着安然在路口上了公交,他抬腿跨上车,随即夜色和灯光都倒退起来。

到家的时候,母亲看到他衣服整个后背还有左边的袖子,全是黑色的污迹,还以为他是跟人起了冲突。他说没什么,只说是路灯有点黑,不小心骑到坑里去摔了一跤。

母亲反而更紧张起来,伸手就要来摸他的后背说:"没摔坏哪里吧?背上疼不疼?手臂疼不疼?"在母亲反复拍打和揉捏下他才开口说:"没事,什么事都没有!"

即使这样母亲还是隐有担心,他一把拉住母亲的手:"妈,真没事!"

母亲这才真的放下心来,他走到沙发那打算把书包放下来,突然又听到母亲问:"你今天的补习课上得怎么样啊?"

他放书包的手略微迟疑了一下,随即开口说:"今天补英语很无聊,就是老师在上面讲卷子。"

"既然那么无聊就不要去好了,让你爸爸在外面给你找名牌学校的老师补好了?"

他的心有一瞬间的塌方,脸上还是很冷静:"学校里安排的补课又不是我想不去就不去的!"

"这课是一直要补吗?"母亲从厨房里端出了一直在温着的菜。

"不知道呢,要看老师的意思!"他也起身去厨房帮母亲端菜,母亲却伸出手来打了一下他的手:"先洗手!"

他这才拧开了水龙头,仔细地洗起来。在哗啦啦的水声里,他听见:"你今天真没去干别的?"

他顿了一下,任水流从他的手背上冲刷而过,然后流进水池里,从水池的漏水孔又流进下水道里。

"哦,补课之前我还和同学去了一趟书店。去帮老师拿新定的习题册。"他不动声色地关掉了水龙头,从台面上抽出了一张纸擦手上的水。

母亲盛着锅里的汤,说:"吃饭吧。"

第三章　以吻封缄

当时间把回忆投成倒影，你在倒影里唱着歌谣，而我早就长大，永远地与你活在不同的世界。

你还是我啊，而我还是你吗？

1. 安然

画室隐藏在老城区的一幢烂尾楼后面。

在烂尾楼旁边有一条很长的巷子，是通往画室的捷径。沿着巷子一直往里走，地势会越来越低，像是蹚过了一条河。往前一点，会看见一个分叉路口，从那里左拐过一个高大的院门，进去以后画室就在里面。

安然推门进去，画室里已经有学生在安静地画画。铅笔接触画纸传来的沙沙声，像是有风吹过了白桦林，一阵一阵，不绝于耳。

安然绕过其他人走到自己的位置，眼前的画架上那个昨天还很干瘪的男人，今天突然有了血肉，活了过来。

一看就知道是佘老师帮忙改过的。

佘老师就是有这样的魔力，无论你的画稿多烂，他都能给你改回来。

佘老师是当地书画协会的会长。听说年轻的时候是一个很有名的画家，是因为爱上了一个女人才选择留在彭泽。他白天在学校里教美术，没课的时间才在画室里，坐在一个可旋转的靠椅上临摹着书法大家王羲之的《兰亭集序》。他大部分时间都很安静，只有在帮学生改画的时候，他才会说一些话。但这个时候总会惹得画室里的女生犯花痴，因为佘老师半长的头发，瘦高的个子，清淡的眼神，总是有一种特殊的魅力和气质。从这些也能看出，佘老师年轻的时候肯定是一个很帅的画家。

不过他爱上的那个女人到底是什么样的呢？

安然正想得出神的时候，佘老师已经走到了安然的画架前站定，只听见他说："安然，上次跟你说的事情有考虑过吗？"声音轻轻的。

在很早以前佘老师就发现安然有很高的绘画天赋，但是他腾不出时间来教安然系统学习，又不想埋没了安然的才华。所以他建议安然可以去他一个专门开设美术培训班的朋友那里学习，但安然说要回去问一下自己的父母。

在佘老师看向自己的目光里，安然觉得有一些窘迫，因为她实在没有勇气说出那句"我家里没钱"。

半天才听见她说："我妈不同意我去！"

佘老师听了心里顿时像是明白了什么，他依旧还是说："你有很高的天赋，浪费了很可惜！"

安然也觉得很难过，回家的路上她一直在心里想着该怎么跟父母开口说自己想去学美术。

安然在踏上的台阶的时候，往上看了一眼。阶梯长长陡陡的，而在阶梯尽头的灯光，遥远的好像是在天空上的云层里。

安然叹了一口气，开始往上走。才刚上来，安然就看见自己家的门口围了一堆邻居在探着头往里面望。

他们看见她回来,有人回头说:"你爸你妈又吵架了,快进去拉拉吧!"

"是呀,是呀,这回吵得凶嘞!"

安然没有说话,心却像坠入了深渊里,在急速下降。她往门里走去,家里地板上到处都是碎裂的碗碟,还有饭菜陈尸地上,让本来就狭小的空间更是狼藉不堪,都没有可以下脚的地方。

安然踩着碎片走进去,也不管在吵架的两个人,只说:"你们下次能不能不要再摔碗了,家里还有几个碗经得起你们这么摔!"

母亲披散着头发,突然哼道:"这碗又不是你花钱买的,你心疼个什么劲!这都是你爸这个有钱人买的!"

安然父亲的脸色铁青,脸上还有血印子,身上的衣服也被撕下半拉来,闷着声:"整个家都是我撑起来的!我挣的钱,我想怎么花就怎么花!"

"哼!"母亲又是一声冷哼,"你撑起来的,靠你打牌输钱撑起来的吧?"

"能不能够了!"安然还未走进房门,突然把手上拎着的书包往地上重重一摔。屋内在吵的两个人受了这一恫吓,突然静了一下。

随即安然母亲尖锐的嗓门就又开始了:"你还有脾气了!我为了从他手上抢点你的生活费,差点被他打死!不是为了你,我早跟他离婚了……"

"你们早点离婚吧!我谁也不跟!"安然弯下腰从地上捡起刚刚被摔在地上的书包,走进房里去。房门砰的一声关上,母亲还想说什么却被噎在嘴里。

但只一下，门外刚熄的战火又燃了起来，两个人歇斯底里地吵。

安然在门内，顺着门背缓缓地滑下去。眼里的泪再也忍不住，像开了闸的水龙头一样哗哗地往外流。

安然伸手去抹，却发现越抹越多。

也许女人不像曹雪芹说的那样是"水做的"，是她们的身体里本身就有一条河流。无数的悲伤沉淀在河床底下，等到悲伤越来越多的时候，水位也会越来也高，最后溃堤，泛滥成灾，就像现在这样。

安然记得她念初中的时候，有一回她父母吵得很凶，她劝不下又无处可去，只好跑去江边，码头上有许多人在等船。

船到了码头靠岸。人群纷纷起身，迫不及待地想要上船，好像迟一秒就赶不上了。

他们是在逃离吗？

在她被人群推赶着都快要上了船的时候，她却突然停住了脚，最后拴缆绳的人问她："你上不上船？"

她想，她要是那时候上了那条船她是不是就逃离这里了，逃离这一切？

每个人生下来都是一张白纸，为什么有的白纸制成了精美的书刊，而有的白纸却变成了随手一扔的厕纸呢？

即使这样，安然也从来没有一刻恨过自己的父母。

她看到母亲时常为了自己的生活费学费跟父亲争吵。而父亲也在她考上乔木高中报名前一天，特地去理发店里弄了头发修了脸，回来在镜子前照了又照，说这样行不行，爸爸给不给你丢人。

他们都爱自己，而自己也爱他们！

但是为什么她的生活会是这样？

2. 江辰

雨是午夜下起来的，早上出门的时候，江辰看见小区排水沟里已经积了很多的水。

现在每次快要打早自习铃的时候，江辰都会不自觉地抬起头来看向门口。而今天他正抬头的时候，见安然被淋得像一只落汤鸡一样跑进来。他觉得有些奇怪，这雨一直在下，按理说没有人会忘记带伞。

安然才坐下就发觉课桌底下有人碰了碰她的腿。她低下头去看，只见一双白皙的骨节分明的手伸了过来，手上拿着一包纸巾。

安然笑着接下了那包纸巾，撕开来打算擦头发上的水。却见里面有张纸条，用俊秀的字写着：为什么没带伞？安然看了笑意更深。等过了一会儿，她也在纸条上写了一行字，然后她用脚在底下踢了踢江辰的凳子。

放学的时候，雨还在下。现在已经完全入秋，路上的叶子被雨水扫荡一遍后，仿佛带着吸力一样粘在路上。

他在红绿灯那里停下来，握着车把的指关节因为伞骨上的水不时滴落在上面，浸得已经有一些发白，而头顶上绿灯也已经跳动过好几波了。

可能下雨她走得比较慢吧？

他想起今早上安然从桌子底下递过来的那张纸条，上面写着：下午想不想去坐渡船？

正当又一波绿灯跳过的时候，一声清脆的口哨声撕裂潮湿的空气，突兀地传进人的耳朵里。

大家都纷纷转头，他也转头。"看什么看？又不是吹给你们听的！"冉赤若站在路边用手挡着雨，语气却丝毫不客气，甚至带着一点痞气。

"有病！"有人骂道。

"你说谁有病！"只听哗啦一声，冉赤若一脚踹在那人的单车上。

眼见着就要打起来，绿灯却在这时亮了。本来还想看好戏的人都如过江之鲫一般瞬间游到路对面去了。被踹了车的人又骂了一句"神经病"，也蹬着车跑了。

路上只剩下江辰和冉赤若。

"你怎么不走啊？特意等我吗？"冉赤若笑嘻嘻地开口。

"不是！"他一脚撑地，一手握着伞，隔着雨幕对她说。

"欸欸，江辰，把你的伞借我吧？我没带伞！"她在雨里无辜笑着。

他只是眼睛看着她，手上却没有任何动作。

"唉，你真的很狠心！"冉赤若见他这样直接往他伞下钻。

他本想把伞撇掉，却看见冉赤若的头发和衣服都已经被雨水淋湿了。他突然想起早上安然也是这样湿漉漉的。

"你为什么没带伞？"江辰开口问，却故意把伞把向她那边挪了一点。

"因为你带了啊！"冉赤若突然笑起来。

他没有想到她会这么回答，突然有点语塞。

他说："前面有家便利店，我去替你买把伞。"

"不要！你就这么送我回家吧，我家也不远！"冉赤若笑得有点狡猾。

江辰回头往后望了一眼，她真的没来。他有些失落转回头：
"那你家在哪？"

天好像是一下子就黑下来的，在路灯的照射下，给人一种黑得略微发灰的感觉。

他们一直沿着那条街走着，仿佛时间概念已经失衡冻结了一样。只有雨在淅沥下着，落在伞面上，瞬间碎裂发出"嗒嗒嗒"的声音，然后汇聚成一条线从伞骨上滴落下来，打在他握着单车的那只手上，让他手指骨节越发发白。

而他的鞋子还有左边的肩膀也已经完全被淋湿了。湿了的袜子粘在脚底，像是踩到了一口痰，黏腻恶心。

他转头看向身旁的冉赤若，她却没事人一样，嘴里还哼着歌。

这是一首他知道的歌曲，歌名叫 *Sealed With a Kiss*. 中文的翻译叫作《以吻封缄》。

他听见她在唱：

> I'll send you all my dreams
> Every day in a letter
> Sealed with a kiss
> I'll see you in the sunlight
> I'll hear your invoice everywhere
> I'll run to tenderly hold you
> But darling, you won't be there
> ……

江辰听着只觉得心有点涩涩的，但他看向冉赤若的脸时她依旧是笑嘻嘻的，一副什么都无所谓的样子。

等她唱完，他才又开口问："你家到底在哪？"

冉赤若却不回答这个问题，只问："我唱歌好听吗？"

江辰没有答，只是停住脚，冒出一句语调与冷雨差不多温度的话："你这样耍我有意思吗？"

"我没有耍你！"冉赤若没想到他会停下来，一不小心就走进了雨里，而头顶对着的正好是伞骨，雨水从她的头顶淋下，又从她的脸上蜿蜒下来，直接钻进她的脖颈里，冻得她透心凉。

"伞给你，你自己回去吧！"看见冉赤若这样，眼眶里似乎憋着泪，他一把把伞塞进冉赤若手里，然后自己跨上单车，往回骑去。

早知道他就不该来送她，像她这样的女生就是狗改不了吃屎。

3. 冉赤若

看着江辰的身影一点一点地越来越远，最后完全消失在雨幕里，冉赤若只是怔怔地站在雨里，脸上泪和雨已经有些分不清了，只听见她喃喃说了一句："我没有耍你，我家真的就在前面！"

但是谁又能听得见呢？

就像他永远也不知道，她每一次都会在他把那些情书扔到垃圾桶里去的时候，偷偷又捡回来。那里面写的话，她只想告诉他，他却听不见。

就像在中考前的很多个夜晚，她伏在桌子上默念他的名字一样，没有人能够听得见。

作为彭泽十九中曾经威名远扬的女混混，冉赤若在中考快要来临的最后一个学期里，突然打算改邪归正认真学习。这也让各科老师睁大了眼睛，用狐疑的眼神仔细地扫描着她的脸，确定她刚刚说的是"老师，这题我不是很懂，您能教我一下吗"？而不是"你们这群老家伙到底会不会教书，不会教就不要误人子弟"！

不能怪老师会用这种眼神看她，只能怪她平时在学校里打架，旷课，抽烟，早恋……各种恶劣的行径给老师们留下太多的坏印象，不得不让他们警惕她是否在搞什么恶作剧。

那时跟她一起的几个混混也开她玩笑说："哟，真的要做好学生啊？"

"是啊，怎么要一起吗？"她踢了一脚那个讲话的混混，让他挪一个位置，然后她也站进去靠着墙开始抽烟。

"就因为那个叫什么江辰的救了你，你就要以身相许？"那个混混接着说。

她吐了一口烟气，仰着头说："李航，你要是那天救了我，我也以身相许！"

在吐出的烟雾里她又看见那张努力想往门缝里张望的脸，然后她踩灭了烟，说"以后抽烟别喊我了"，然后转身就往教室里走。

每次当她做习题做得有些绝望的时候，她都会翻开夹在课本里的一张照片。照片上江辰的侧脸像是被刀削刻过的，那么好看。然后她再看一眼写在那张照片背后"乔木高中"字眼，就会合上书，又开始把头埋进习题里。

老师们看到她的变化，觉得她可能是真的醒悟了，但是他们依然觉得有点惋惜。因为中考已经临近了，但以她目前的成绩要想考上一个好高中还是差很多。

在最后的阶段里大家都紧绷着神经，只是无声地发力。中考模拟考试后，她的成绩居然一下就跃到了年级前三名，这让教她的老师们直呼不可思议。中考后，她更是一举考取了乔木高中，成为了当时学校里的传说。

经此一役，后来她的老师总是会对新生说："只要你想学，最后一天都不迟！"

其实后来她总在想，自己辛苦考上乔木高中有什么用呢？就算见到江辰又什么用呢？他也不记得她，而且还总像避着瘟疫一样避着她。

她捡起地上的伞，脸上有点自嘲的表情。

当她湿淋淋到家的时候，奶奶心疼地赶紧跑到浴室去给她拿毛巾。她只是失魂落魄地回到房间，把自己整个湿漉漉地摔在床上。

脑袋撞击到床让她有一种嗡嗡的眩晕感，在那眩晕感里她似乎回到了那一个明媚的下午。

在那个下午，有一个长得很像自己父亲的男人提着一盒蛋糕站在自己的楼下，招呼着让她下楼。她还听见男人说："你爸爸妈妈不关心你，以后就由我关心你！"

然后她的脑子里都是那个男人狰狞的脸和他扑过来撕她衣服时喷在她脸上的腥腻气体，而她只能流着泪不断反抗挣扎。

这些记忆本来是她都刻意选择忘记了的，现在却像外面漫天的冷雨一样兜头向她倾覆下来。

她感觉心脏的地方像是狠狠地被人踩了一脚，疼痛得她产生了痉挛。她在床上蜷起身子，用手抵着心脏，嘤嘤地哭起来。

奶奶却在这时拿着毛巾还有干衣服冲了进来："快快，快脱了，不然一会儿就感冒了！"

奶奶刚走近,冉赤若却一把扑在奶奶怀里,问:"为什么爸爸妈妈不要我?为什么所有人都不喜欢我?"她哭得有点哽咽。

奶奶显然被她问住了,愣了好一会儿才拿起毛巾擦着她头发上的水:"来,把衣服脱下来,别着凉!"

第四章　渡船摇晃

我们随手打翻的是谁的青春,我们随手采摘的是谁的苦涩。

曾经的大雨,为何现在才至?

那时离去的渡船,永不再至。

1. 江辰

第二天刚好是星期五,乔木高中的学生下午都会少上一节课,但窗外的天却好像是被灰颜料调过一样。

下雨了吗?江辰在课间抬头看了一眼窗外。

转头却看见正在接水的安然。水流不断地落进杯子里,而安然却侧着头在看窗外那棵枝杈已经伸进教室来的树,树的影子加重了她眼睛里的阴影。班级里的女生都像终日聒噪不休的蝉,她们讲话的速度还有密度总让他觉得好像有人正拿着锤子在一下一下地敲击他的太阳穴。安然却总是很沉静,她像一潭隐匿在阴影中的湖水,只有在她自己心颤动的时候,湖面才会泛起波澜。

安然接了水就回了座位。江辰把头低下来,但眼角的余光依然能瞥到安然的脸。安然的脸上没有任何表情,好像也不记得昨天他们约好了一起去坐渡船。他有些失落,在草稿纸上胡乱画着，因为太过用力，居然把草稿本划破了。

彭泽虽然只是一个二三线近乎于偏僻的城市，但是在乔木高中这样的省级重点高中，这里的学生大多拥有很强烈的优越感。他们很害怕别人比自己更优秀，所以像安然这样普通不带任何侵略性的存在让他们感到舒适。但是安然的侵略性像一只蚕，在寂静无声中慢慢蚕食他的心。

一转眼，下午的两节课程就要结束。江辰专注地看着黑板，不时低下头来做笔记。

这时，安然却在背后踢他的椅子，轻轻钝钝的。震动通过骨头快速地传递到他的大脑，让他在接收到讯号后，假装不经意地把手伸向背后，快速地接过安然递过来的纸条。

只见纸条上写着：你今天还去坐渡船吗？如果你去的话，我先去码头等你。

下课的时候，江辰快速地收着东西，但是安然还是先他一步跑出了教室。他在给母亲发完信息后，也一捞桌上的书包就往外跑。

一出门就与一个人撞了个正着，他还没看清是谁，就听到被撞的人叫了他一声"江辰"！声音像是在日光里浸泡过，轻而温暖。

等他抬起头，看见是洛青。

"一起回去吗？"在看清江辰的脸后，洛青开口问。

但是他却没有回答，所以两个人在那一瞬间造成了短暂的沉默。最后还是洛青微笑着开口："如果你有事，那我就先回去了！"

在洛青转身后，江辰只停顿了一下，就抬腿往停车场跑去。而洛青望着江辰离去的背影黯了一下眼神。

天果然是下雨了，空气里到处飘洒着如同雾气一样的雨丝，那雨丝裹在风里面一直想往江辰身体里钻。等他到码头的时候，他的衣服上已经沾染了一层毛茸茸的水雾，头发也湿漉漉地垂落在额前。

安然看见他走下来，停下了手中的画笔。江辰真的很像画里的少年，那种又干净又安静的气质，真的很好入画。

江辰走过去问安然："你等了多久了？"

"没多久！但我们还得再等一会儿，上一趟渡船刚刚已经过去了。"安然把速写本收起来，然后抬头和江辰说。

江辰望着开阔的江面，江面上有快速行驶的捕捞船和货轮，潮湿的江风挟裹着雨丝，扑面一浪一浪地打过来。而在江的对面，正好矗立着一座孤山，在灰灰的天色里显得有些发黑。

他望着那座山有些出神，却突然听见安然的声音："那是小孤山！"

他听人说过，小孤山是一对相爱的恋人，因为分隔在长江两岸不能在一起，女方因为悲愤投入江中化成的。而男方也追随女方一起投入江中，在江的这岸也化成了一座石矶，他们就这样一直在江的两岸遥望着，陪伴着彼此。

"你能在风中听见什么声音吗？"

"？"

"我以前听见渔民说，要是仔细听，能在风里听见小孤山在呼唤昔日爱人的名字。"

"那你有听见过吗？"

"没有！"

安然突然又问："这世界上真的有这样的情感吗？即使化成了坚硬的石头，彼此在孤寂的江岸上站立了千百年，依然会念念不忘?"

他一时不知怎么回答,他们就这样突然静默起来,直到听见安然雀跃的声音"来了来了!"他看向远处的江面,一艘露天式的渡船正穿破风浪朝他们驶过来。

上了船以后,他们一起扶着船舷站在船舱外面。因为有风,浪一直拍击着船身,让整个渡船一直很摇晃。而船尾是被船身破开倒退的水浪,江辰看着那些水浪有些晕船。他手指紧紧地攥着手中的伞柄,来克制体内一层一层涌上来的眩晕和恶心。

"这是我不知道第几次坐渡船去对岸了!我经常会一个人来坐渡船,专门挑像这样下雨的时候。"安然突然把手臂伸开,把整个上半身都探出船舷去。她闭着眼睛,感受江风撩起她的头发,雨丝浸润她的每一个毛孔:"只有这样坐渡船才有感觉!"

江辰看着眼前尽情舒展身体的安然,他依然只是紧握着伞柄。

"下雨来坐渡船,撑伞的话就没有感觉了!"突然,手里的伞被安然抽了出去。

安然拍动他的肩膀,让他张开手臂,然后扶住他的腰把他的身体轻轻推出船舷外去。但是他姿势僵硬得像是个机器人。安然说:"别怕,这里没人可以看见,你可以放松一些!"

"怎么样?"他的身体在船舷外随着船身摇晃的时候,安然问他。

但是摇晃和悬空加剧了他的眩晕,江风从他的耳边吹过,他只觉得"呜呜",整个人仿佛醉了酒。突然,他"哇"的一声,体内翻涌的恶心终于喷薄而出。

"你晕船啊?"在他终于把体内的恶心吐空后,安然一边轻拍他的后背,一边递给他一瓶纯净水洁净口腔。

"嗯！"他仰起头喝了一大口水。

安然说："晕船的人不能站着，也不能说话，更不能看江面上的浪，不然就更难受了。"

之后安然从船舱拿出两个小凳子，他们两个人就一直坐在露天甲板上。感受这种没有任何遮拦，没有任何目的的自在氛围。

长江并不算宽阔，所以十几分钟后他们抵达了彼岸，下了船以后就在码头上看着渡船载了人又开始返航。

码头上有一个小摊贩在摆摊卖炸的臭豆腐和其他一些炸物。

安然问他有没有吃过臭豆腐。他望着那在滚油里翻腾的黑色物体，摇了摇头："我从来没有吃过，我妈不让我碰那些东西！"

"那正好！"安然向老板要了两份臭豆腐，然后他们伏在码头的栏杆上等。

"你为什么经常来坐渡船？"江辰突然开口问。

"因为我爸妈！"

"你爸妈？"

"嗯。其实我爸妈一开始就是在渡船上认识的。我妈跟我说，她认识我爸的时候，那时候船票还只要几角钱，那时候我爸妈都不是现在这个样子。"安然眼睛望着江面上的波涛，语调好像染了风。她说在很久以前她的父母也是这个世界上一对相爱的恋人，那个时候他们还没有把彼此撕裂，搞成这副狼狈的模样。而那个时候的她也还是一个做着画家梦的小女孩。那时候她会跟随父亲来江边，坐在码头上画着江面上的鱼鸥和游船，然后父亲会把她抱起来，举过头顶，坐在肩膀上说："等我们家安然长大了是肯定要当画家的！"

安然说完笑了起来，但是江辰却能看见她眼睛里流动的悲伤。那些悲伤不明显，好像是被刻意禁锢在身体里。

"好啦，我们礼尚往来，你也说说你的故事吧！"

"我的故事都很无聊。你真的想听？"

"嗯！"安然轻轻应了一声。

在江辰说到一半的时候，炸串就已经炸好了。安然捧着一次性餐盒，递给江辰一根签子。江辰看着餐盒里黑乎乎洒满了各种调料的东西，感觉不是很有食欲。

"尝尝吧，保证让你终身难忘的味道！"安然怂恿他。

江辰用签子戳了一块放进嘴里，一咀嚼，舌头上的辛辣和豆腐在卤水里经过长时间发酵而散发出来的臭味就立马刺激着他的味蕾，在他嘴巴里产生一种很奇妙的味道。

很奇怪，明明是那么恶心的东西！

"怎么样，是不是很好吃？"安然在一旁笑眯眯地看着他。

"嗯！"他诚实地点了点头。安然转身冲摊子老板喊了一声："老板，再来两份臭豆腐！"然后转回头接着说："你刚刚的故事还没有讲完！"

"我一直觉得自己是一个虚假的人，我明明不喜欢弹钢琴，却在还不识字的时候就可以识别钢琴谱。我也不喜欢穿总是熨烫得整齐没有一丝褶皱的衣服，但是在看见褶皱的时候我还是会把它拉平。而且我一直在我的书桌底下，用胶带粘了一盒香烟。我时常希望我妈会发现它，但我又很害怕她会发现……"

江辰的声音就像在安然耳边潺潺流过的河水，带着她缓慢地向前奔赴。江辰终于说完他的故事，等待着安然会给出震惊的表情，安然只是用签子戳着餐盒里的最后一块臭豆腐，一边吸着鼻涕一边喊辣把它送进嘴里。

然后安然说了一句莫名其妙的话："人在吃东西的时候，食物带来的满足感，会分走人一大半的悲伤。这些悲伤会在食物的吞咽里，跟着食物一起进入胃部，然后被消化掉。"

第二份臭豆腐炸好了，安然把它伸到江辰面前："喏，先吃东西吧！"

他们两个就这样在江风细雨里没有丝毫形象地吃着臭豆腐。在后来的很多年里，江辰都会回忆起这个场景。臭豆腐经过咀嚼后进入他的胃部，那种前所未有的满足感紧紧包裹着他，让他觉得心里暖暖的。

干掉所有的臭豆腐，天光已经暗了下来，他们又搭渡船返了航。

回程的时候，江辰似乎已经不再晕船了。他扶着船舷只把头伸出去，看着安然坐在船尾，把脚伸在江面上踩踏着破碎的水浪。这时候他听见安然说："江辰，虽然你的内心里住着一个叛逆的灵魂，但是你永远也做不成一个真的坏孩子！"

安然把头转过来，她的眼神湛亮，洞明他的心。她还问了他一个问题，直到下船他也没有想到他该如何回答安然。

2. 安然

离上次安然带江辰去坐渡船已经过完了一个星期。

早自习下课后，班长莫苒在黑板上画着数学课上即将要讲的几个几何图形，安然接完了水正打算从讲台上绕回座位去。莫苒突然转身，手上的三角尺打在安然的手指上，安然吃痛"啊"了一声，手中的水杯也应声落地。水整个都泼在自己身上，莫苒的鞋子上也被溅了一些水。

莫苒赶忙跺了跺脚，脸耷拉下来："安然，你干什么？看你把我的鞋子弄的！"

"对不起！我给你擦擦吧！"安然从口袋里慌忙掏出了纸巾。

莫茴却后退了一步，还顺手捂起了鼻子："不要，我可不想我的鞋子上都是鱼腥味！"

安然伸出的手如同一根在空气中无形被绷紧的弦，又在她收回手的那一刻轰然断裂。

莫茴一脚就把安然掉在地上的水杯踢飞出去，水杯落地时正好砸到刚从外面回教室的江辰的脚面上。江辰看着教室里的对峙，他捡起水杯走到讲台边叫了一声"莫茴？"，像是在质问她发生了什么。

莫茴没有想到江辰会正好撞见这一幕，脸上有点燥热，正打算辩解，齐珊和夏桃李却从讲台下走了上来。这两个人是莫茴的死党，她们三个总是形影不离，如同生长在一起的三胞胎。

"是安然先把水泼到了班长鞋子上的！"齐珊一开口，声音就像是从西伯利亚刮过来的强烈冷风，带着刻薄的寒意。

安然站在她们的对面，没有说话，只是拿眼睛盯着中间莫茴那张甜美而又嚣张的脸。手心里的纸巾被指甲抠烂了。

莫茴也看着安然，配合着齐珊的话做出一副大度的样子："没什么啦，我也不小心踢飞了安然的杯子！"毫无破绽的口吻，还有无辜美好的表情。

安然心里涌起一股恶心感，好像教室里有什么东西腐烂了，发出酸腐的气味。

她从江辰手里拿过水杯，什么都没说就往座位上走。她怕她转身迟一步就会吐出来。

在安然转身的那一刻，夏桃李憋着笑问江辰："喂，江辰，你最近有没有在教室里闻到一股鱼腥味啊？"她刻意把最后几个字咬得又重又慢，又刚好能达到让安然听见。

第四章　渡船摇晃　047

安然没有任何反应,她径直回了座位。她知道如果跟莫苒她们继续争执下去,最后难堪的只会是自己。而且有时候对人的反击,不一定要恶语相向,也许就是这样寂静无声更让人觉得气愤且难以释怀。所以安然在坐下的刹那,明显看见莫苒那张甜美的脸上若隐若现的扭曲。

江辰显然没有听过这么充满恶意的话,所以在夏桃李说完的下一秒,他本来就白皙的皮肤一下就透明起来,嘴里也好像被人塞进了一只死老鼠,觉得恶心至极。他忍不住扭过头想要看安然脸上的表情,安然却很坦然地坐在位子上翻动着书。

他也没有过多理会她们,径自转身。莫苒看着江辰的后背,再看向坐在座位上没事人一样的安然,她眼里的愤恨似乎要把安然瞪出一个洞来,上课铃却在这时适时响起。

数学课已经上了一半,数学老师在黑板前讲得眉飞色舞。突然他敲了敲黑板,指着上面一道已经抄写好的题目:"这道题与刚刚那道的思路是一模一样的,现在我叫两个同学上来做。"话音未落他就叫了莫苒的名字,之后他的眼睛在点名册上停留了一会儿,又叫了安然的名字。

安然起身的时候,江辰担心地转头看了她一眼。安然走上讲台,已经在黑板前开始解题的莫苒用鼻子哼了一声,脸上露出一副看好戏的笑意。

果然莫苒很快就解完下去了,而安然却还只是看着黑板上的题目发呆。因为等的时间实在太久了,数学老师只好说:"不会就下去吧。这回我讲的时候你可得好好听。"

安然走下来的时候,看见莫苒得意的笑脸,她突然想起了夏日里迎着阳光生长的向日葵花盘,虽然有着明艳的黄色花瓣,但是花盘的内部早就被虫蛀空了。在阳光下,花盘上那块从内而外的黑色，是那样的触目惊心。

在安然快要走回座位的时候，江辰盯着她的脸，隐有担忧。

安然感受到桌子底下江辰的骨节碰了碰她的膝盖，她接过江辰递过来的纸条：你没事吧？不要在意她们说的。

怎么可能会不在意！

安然还是在纸条上写上"放心，我没事的！"然后轻轻踢了踢江辰的凳子。

午休的时间里，因为班主任不在，所以本该坐在自己座位上乖乖午休或者学习的学生，早都跑得七七八八。

安然一直趴在课桌上看着自己那赤红的数学分数，她又想起了上午在黑板上她做不出来的那道数学题，还有莫莘的笑脸，不免觉得有点难受。

这时候，窗外却有一个男生在敲窗子。

3. 洛青

洛青盯着窗户里一直趴在桌子上的女生，眼睛却突然转到了坐在她前排的江辰身上。

江辰从教室里走出来，问找他有什么事。

洛青说："你妈让我问你，今天晚上还有没有补课。她说给你发了短信你没回？"

"哦，我手机没电了！"江辰回答。

"行，那你要是要补课的话，下午放学之前，跟我说一声，我回去跟你妈讲！"

"好！"

这样简短的几句对白，就已经结束了他们之间的对话，而这次还算是他们为数不多的对话里话说得最多的一回。即使他们已经做了很多年的邻居，平时见面也只会打一个招呼，或者什么都不说，只是彼此擦肩而过。

十一岁，也就是洛青小升初的那一年寒假，他记得江辰裹着一件纯白的羽绒服很生硬地出现在他的视线里，带着冬日特有的凛冽气质。江辰从车上下来后，用眼睛扫了一眼他们这些簇拥上来看热闹的小孩，脸上没有任何表情，十分镇定。

那时候他就在想这个世界上怎么会有这样的男生，像一场寂静无声下着的雪，慢慢地把这个世界都垒积成纯白色。

江辰的到来，像是一只蝴蝶振动翅膀，引起了一系列连锁反应后在很远的地方刮起了一场风暴。

最开始的反应，只是每日江辰家里飘荡出来的悠扬的钢琴声。后来的反应就变成了江辰又在什么比赛上获奖了。最后变成了每一个茶余饭后，他都能在小区家长的口里，听到夸赞江辰的话语。江辰变成了一个定义优秀的风向标，别人在江辰面前都会黯然失色，包括他。

而这次风暴真正刮起来的时候，是一个很普通的下午。他们在楼下的过道里玩着踢格子的游戏。江辰正背着书包安静地朝他们走过来。然后男生使坏眼色，嘴里发出"噗嗤噗嗤"的声音怂恿一个女生上前去跟江辰搭讪。

等到江辰快要走过去的时候，女生终于喊出那句"江辰，一起玩吗？"每一个人都屏住了呼吸看着江辰的后背。

因为他们打了赌，江辰一定不会回头。

江辰却停下脚步，转过身来。他的眼睛看着他们的脸，在长久的静默里，他终于开口："我不会玩！"

女生还没有来得及说"我可以教你玩"，江辰就已经转身走了。在江辰转身的刹那，洛青看见江辰投射过来的羡慕的目光。这种目光从来都是他们在注视江辰的时候特有的，他从来都没有想到有一天他也会从江辰的眼中看到。

但这个目光却让他更加嫉妒他。因为他们都羡慕他严肃的品格，优异的成绩，还有那种清醒独立的气质。而江辰却只是羡慕他们为了消磨时间可以玩踢格子，这并不能让他们感到自豪。江辰的目光像一记热辣的耳光，一下就打在他脸上，让他在暗地里铆足了劲，一定要比过江辰。

而江辰的优秀，注定了他的疏离。他像是在暴雨的天气里，街上唯一一个没有打伞的行人。每个人都是黑白的色调，只有他是拥有颜色的。他在雨里孤独地奔跑着，摒弃了那黑白里传来的一切声音。然后他在十字路口，碰到了一个与他同样拥有色彩的人。

而这个人就是此刻坐在江辰后座的安然。然后安然带动他世界里所有的色彩，让一切都明亮起来。他们在绿灯亮起的时候，一起并肩走过斑马线。其间江辰侧过头，微低下头来，看着安然的脸，轻轻笑起来。

这个笑容像是风中的一根蜡烛，一下就晃灭了他的心。

第五章　我会保护你

　　当虞美人开满山坡，当青芒结出果子，当我在我的世界里遇见你，就像风掠过这座城市。

　　你呼啸而来，又呼啸而去。

1. 江辰

　　下午的课程都在昏昏欲睡中结束。

　　下课铃一响，本来老师还想强行拖堂，但教室里已经开始躁动起来，老师干脆一咬牙说下课吧，然后所有的学生都跑了，只留下值日生。

　　安然看着黑板上自己的名字，紧紧地挨在江辰的后面。好像是一个美好的故事却拥有一个悲伤的结尾。

　　她起身去拿扫帚，看着走过来的江辰也顺手替他拿了一把，他们走到教室的最前排开始扫。

　　安然拿着扫帚一排一排地扫过桌底，在扫帚与地面接触的"嗞嗞"声中，安然把所有的垃圾都扫到过道上，最后扫进铲子倒进垃圾桶里。

　　但是江辰一直进展得很慢，到现在才扫到中间的位置，他一直在执着于卡在两个桌子中间的纸屑。而其他的值日生做完自己的部分早都回家了,教室里只剩下他们两个人。安然拿着扫帚走过去:"我来吧!"

只见安然侧着扫了一下,卡在桌腿中间的纸屑就被轻轻地扫出来了。江辰握着扫帚,低头看着那个纸屑:"你真厉害,好像什么都会!"

安然把垃圾往过道上扫:"什么都会!只不过做得多罢了。"

"我有时候也想去帮我妈做点什么,但是每次我一动手,我妈就特别惊恐。说你这双手是将来钢琴大师的手,不能碰这些东西!所以我觉得我除了学习什么都不会!"江辰有点沮丧又有点无辜地笑起来。

"我也想除了学习什么都不会!"安然突然抬起头来,教室里的光线,因为隔了一层玻璃,感受不出任何温度,而安然的眼神也显得格外冷清,只听见她说:"垃圾桶里的垃圾你拿去倒掉吧,我先走了!"

安然放下扫帚,就开始在座位上收拾东西。一股莫名悲伤的情绪在她的胸腔里发酵,她抬手抹了一下在眼眶里还未掉下来的泪。

今天她一直都在告诉自己不要去在意,但现实却是无论是上午莫莘还是刚刚江辰,他们故意或者无心的一句话都能把她的自尊碾成尘埃。

等到江辰倒了垃圾回来的时候,教室里已经空空荡荡的没有一个人。

他站了一会儿,看到躺在书包里的手机,一下想起午休的时候洛青来找过他。他赶紧冲出教室,却发现洛青正拿着一本《时间简史》坐在他教室门口的花坛那里等他。

看他走出来,洛青合上了书,朝他走过来:"我刚刚听你们班同学说你今天值日,所以我在门口等你。怎么样,今天有课要补吗?"

"没有!"

"那一起?"

"嗯!"

江辰推着车和洛青在路上慢慢走着,气氛略微有些尴尬。因为他们之前从来没有放学这样结伴回过家。

"要不你骑车先回吧,我慢慢走回去好了!"洛青突然说。

"没事,一起走吧!"

"江辰,你有喜欢的女生吗?"洛青冷不丁地问他。

"喜欢的女生?"他没想到洛青一开口就会问他这样的问题,让他没有做好任何准备去回答。

他转头看了一眼走在身旁的洛青。只见洛青的棱角温柔,眉眼未笑的时候似乎也带着笑意。他的个头也略微比自己高一点,很瘦。温润的气质会让人想到春日里栽满杨柳的堤岸。

见他用这种考量的眼神看自己,洛青没有在意,反而又开口说:"我有一个喜欢的女生!"说完以后转过脸来笑眯眯地看着江辰。

江辰脸红了一下,迅疾转回头去。以前很少说话的两个人,第一次走在一起就说这么劲爆的话题,他显然有点不知所措。

"虽然我喜欢她,但是她根本不知道我。"

江辰转头一脸不可思议,仿佛在问:"怎么会这样?"

洛青明白他的意思:"因为我根本就没让她知道有我存在!是不是有点傻?"洛青说完呵呵笑了两声。

"是我们学校的吗?"他小心翼翼地试着开口问。

"嗯。"洛青点头,"我一直在想要不要告诉她我喜欢她,但是最近我发现好像有别的男生也喜欢上她了,我有点为难。"

"为难?"他觉得洛青这样的男生应该每个女生都会喜欢,居然也会为难吗?

"嗯。要是她也喜欢那个男生的话,你觉得我应该怎么样?"洛青突然扭过脸来问他,眼神真挚,仿佛热切想要聆听他的回答。

"那你怎么认识她的?"

"怎么认识的?"洛青微微眯了眯眼睛,略微抬头,好像在脑子里翻找那久远的记忆。已经走出一段路,洛青才缓缓开口。

等他们走进小区时,夕阳已经西下了。江辰的妈妈早就在阳台上不时地往下望,看见江辰回来眼睛一下就亮了。看见自己的母亲在楼上等,江辰向洛青摆了摆手,便朝着自家楼下走去。

锁完车要上楼的时候,洛青却在他背后喊了一句:"江辰!"然后欲言又止。他转过头来一副疑问的眼神,洛青又说没什么,就上楼去了。

而下午教室里因为阳光偏移,沉在有些发灰的光影里的那个女生,却突然跃进他的脑子里。

是喜欢吗?

2. 洛青

记忆像是沙漏里的沙,当倒置起来的时候,它就会仓皇地下坠。

下午的阳光,被树荫分割后,一块明一块暗地照在他们身上。洛青抬起头,寻找缝隙中漏下来的蓝天,缓缓地向江辰说起那个遥远的故事。

小学一年级的时候，他很害怕自己一个人下学。因为那时候他很胆小又很懦弱，班上的女生总是喜欢拿他开玩笑，有过分的小孩甚至要扒他的裤子看看他到底是不是女生。所以他们在放学的路上拦住他，嘴里喊着："洛青是小姑娘！洛青不要脸，洛青去上男生厕所！"然后就都扑上来扒他的裤子。

突然人堆里不知道是谁喊了一声："老师来了！老师来了！"小学生那时候最怕老师，也不管真来了还是假来了，一下都跑开了。后来路上只剩下一个瘦瘦小小的女生，她走过来伸出手来拉他，还跟他说："你不要害怕，如果有人欺负你，你要凶回去，像这样。"女生做了一个特别凶的表情："你这样的话别人就会怕你。"

而他只是在一旁愣愣地看着这个个头比自己还小但是看起来却很凶悍的小女生，觉得她好厉害，在心里还有点小崇拜她。

但女生看着他一脸泪眼蒙眬的呆样，还以为他是个傻子。她摸了摸他的头："那些人就是喜欢欺负你这样的傻子。"然后她又像个小大人一样替他擦掉眼泪，告诉他："不过我又不能永远在你身边保护你，你要学会自己保护自己！"

说到这里他突然自己笑了起来，江辰在一旁问他："那后来呢？"

后来这个女生就深深留在了他心里，他没有刻意去寻找过她，却希望能够在某天某个时刻还能再见到她。这个时刻是他在高二的时候，有一天课间，他看见有个女生从他的窗前走过，那时他虽然只看了一眼，就能确定这个女生就是当初在街上帮助鼓励过他的那个小女孩。

他当时都快高兴疯了，恨不得立马从窗子里钻出来去跟她打招呼，跟她说："嗨，你还记得我吗？我就是当初那个傻子！"

但当他起身打算出去的时候，他看见她的眼眶发红，好像刚刚哭过的样子，所以他一下就憋住了。后来他知道了她的名字，知道她每天会坐哪路公交回家。

他就经常会跟随她坐同一辆公交车，有时候他会坐在她后面，有时候在她旁边，也有时候就是站在她身边，但她从来也没有注意到他的存在。

等她下车的时候，他也会一起下车，在看着她的背影消失之后，他就又搭另一班公交回家。

长此以往下去，他就习惯了一直这样默默陪伴着她，如果那个男生不出现的话，这一切也许还能这样继续下去。

在他说完这个故事的时候，他转头就看到江辰脸上复杂的表情。然后他听见江辰说："也许他们只是朋友呢，你应该勇敢一点！"

"勇敢一点吗？"他在黑暗中望着天花板，轻轻问自己。

这时他听到母亲在外面喊："小青，吃饭啦！你爸今天绕远路去大菜市买了野生的鲫鱼，我炖了汤，快出来尝尝！"

"哦！"他突然直挺挺地从床上坐了起来，应了一声。

"这么黑怎么不开灯啊！"母亲突然开门，摁亮了房间的灯。那强烈而刺眼的灯光，让他伸手去遮了一下眼睛。

"刚刚在睡觉！"他站起身来，眼里带着笑朝着门口的母亲走过去。他从后面把双手搭在母亲的肩膀上，推着母亲往客厅走去。

"爸绕远路去买的啊？"他看见餐桌上摆着好几样菜，当中一盆奶白色的汤正在袅袅地冒着热气。

"是啊！"母亲把汤碗递给他，"我最近听江辰的妈妈说，江辰获得了保送北大的名额呢，但江辰妈妈好像已经决定要把江辰送出国去留学，真是了不起！来，小青，吃块鱼。"

他脸上盈着笑意，伸碗去接母亲夹给他的鱼。但在心里某个暗的地方，好像有什么滋生了起来，堵塞在他的心口，让他有点难受，气闷。

3. 安然

如果生命也可以剪辑的话，安然一定会把她七岁以前的生活全部剪辑下来。

七岁以前她安然也是一个幸福的女孩子，那时候母亲也还是一个温柔的女人，父亲也不赌博，甚至还攒够了买房子的钱。

她记得那时候学校里不知道怎么了就很流行吹泡泡糖，那些女生能吹得又大又不沾脸，但她却不管怎么吹都吹不出泡泡来，还因为太过用力把脸憋得通红，被同学嘲笑是猴子屁股。父亲知道这件事后，立即就抱着她去商店买了一大罐泡泡糖。后来他们两个人在家嚼了一晚上的泡泡糖，直到最后腮帮子都嚼酸了，她才勉强吹出一个小泡泡来。他们父女两个却为此高兴得在床上打滚，母亲在一旁嗔怪父亲："像个小孩子一样。"

还有后来，安然画的画在学校里获奖了，奖品是一盒颜色比较罕见的彩笔。她当时最喜欢的颜色就是金色，但这支金色的彩笔却在上画画课的时候被班上调皮捣蛋的男生抢走，弄坏了。她当时就伤心地哭起来，那天晚上父亲回家的时候带给了她一支金色的彩笔。后来她才知道父亲为了给她买这支金色的彩笔差点跑遍了整个彭泽的文具店，最后才找到一盒带金色的。

她要把这些温暖的小故事全部剪辑下来，这样她就可以一遍一遍地重复播放。

站在队伍里的她突然就这样不自觉掉下眼泪来,眼泪落在不锈钢的饭盒上。

"吧嗒!吧嗒!"那声音好像无限被放大了一样。

"你没事吧!"站在她身后的是一个个子很高的男生,突然递了一张纸给她。

她慌乱地接过,也没敢抬头去看别人的脸就慌忙说了声"谢谢!"

却隐约觉得这个人似乎很熟悉。

"哎,天天都是这几个菜。"

"土豆炖牛肉还不错。"

"饭真是给得越来越少了。"

……

突然食堂里漫天的声音就淹没了过来,她往前望了一眼,打饭的队伍还很长。中午老师总是喜欢拖堂,导致他们每次来食堂打饭的时候都是排在很后面,甚至都排到食堂外面来了。

终于轮到她的时候,已经只剩下几样难吃的菜。就像她面前的那一盘,几棵青菜漂浮在绿色的汤汁上,汤里还沉着几块白色的豆腐,让人一看就没食欲,但是队都已经排了这么久了,总不能不吃。

她要了一份水煮茄子,一份米饭。握着长勺的阿姨面无表情地说:"五块!"

她正在埋头吃着煮得稀烂的茄子,江辰这时候却走过来坐在她的对面。顿时她觉得食堂里似乎有无数目光从她周围射过来把她扎得稀烂。江辰也不说话,只是默默地吃饭,好像他真的只是随便找了一个位置坐下来一样。

正当她在心里挑剔水煮茄子好难吃,还不如点青菜的时候,有个女生端了饭盒走过来，直接紧挨着她坐下，然后把饭盒哐的一声砸在餐桌上。只见女生像恋人赌气似的瞪着对面正在吃饭的江辰，过了一会儿才没头没脑地说了一句："我那天没有骗你！"

江辰却没有任何反应，只是一副若无其事的样子，安静地吃着饭。女生却似乎怒了，她一拍桌子，安然的饭盒也跟着跳了一下。

江辰还是一言不发，好像当她不存在。

女生于是赌气似的往嘴里扒饭，还用筷子在自己的菜里搅来搅去，半天也没吃几口。只见她突然伸筷子去江辰的饭盒里想要夹他的菜，江辰却只是把饭盒往后一拉，嫌恶地蹙着眉，轻飘飘说了一句："你闹够了没有？"

"呵，江辰！你终于肯跟我讲话啦！"女生没有发脾气，反而开心起来，"那天我真的没有骗你，我家真的就在附近，你为什么不相信？"

"我信不信你有什么意义！"江辰夹了一口青菜放进嘴里。

"当然有意义！"女生脸上笑意明显。

安然只是使劲扒了几口饭，越发觉得这个茄子难吃无比，再吃下去也没有什么意思，于是她起身端着饭盒走到垃圾桶那里把所有的食物全部倒下去。

她知道这个女生叫冉赤若，而且她追江辰的事情全校都知道。

学校里有很多妖魔化冉赤若的传言，在传言里冉赤若一直是个很坏的女生。比如她在校外跟人打架，打断了别人几根肋骨呀；家里是暴发户，犯了这么多错还没被学校开除，是她爸给学校塞了多少钱呀；还说以前上体育课的时候经常会看见有女生去给江辰送水，现在为什么看不见是因为冉赤若把她们拦在墙角，剪了她们的头发作为警告……反正诸如此类的传言多似牛毛，所以大家在乔木高中见到冉赤若跟见到鬼没有什么区别。

但她却觉得冉赤若是一个很酷的女生。

她可以无视校规，在所有的女生把自己裹在黑白色校服里的时候穿着裙子大摇大摆地从走廊里走过。而且她还经常会逃课去做一些荒唐事，在乔木高中这样一个把成绩看作生命的地方，没有人会逃课去做这些，但冉赤若经常会逃课去上网，去打架，去恶作剧而在周一的早会上被点名批评。还有她说她喜欢江辰，不管别人怎么嘲笑或者讥讽，她都一如既往。

很少有人能活得像冉赤若这么恣意，从来不用掩饰自己的爱和恨。这个世界每一个人都活得很谨慎，不敢像她这样肆意挥霍自己的人生而毫无顾忌。

这样的人都是勇士，但世界上往往少有勇士。

第六章　哪个才是你真实的灵魂

镜子里生长出的双生花，和我一样拥有对立的灵魂。

1. 江辰

吃过午饭，冉赤若还要一直跟着他，为了摆脱她的纠缠，他借口要去上厕所，却在去厕所的路上绕到食堂背后一片人迹罕至的林子里。

这是一片被人遗忘的境地，他经常在自己心烦又无处可去的时候到这里来暂避。

今天的心烦他不知道是从哪里生出来的，也许是在昨天晚上回家的时候父母跟他说出国留学的事情让他感到心烦。

其实他并没有那么想要出国，这么多年他总觉得自己是一个在异乡流浪的旅客，从来都没有归属感。而父母也总是早早就把他的人生规划好，他没有选择的权利，他只能沿着父母选的路义无反顾地走。

越想便越觉得心烦，他靠着墙，手在口袋里摸索着，片刻后一根燃着的香烟在他的唇边明灭。

他并不喜欢抽烟，他只是喜欢抽烟时那片刻放纵的感觉。抽到一半的时候,把剩下的香烟按在墙上熄灭了。在熄灭时升起的袅袅白烟里,他记起那天晚上安然在渡船上问他的问题:"叛逆者和优等生,江辰,哪一个才是你真正的灵魂呢?"

哪一个才是他真正的灵魂呢?他把那半截香烟扔在地上,狠狠踩了几脚。

在还没有来彭泽以前,那时候坐在他同桌的是一个邋遢而眼睛总眨巴眨巴的男生。他记得有一天男生很懒散地趴在桌子上问他:"喂,你有没有看过母狗生崽子?"

他一脸茫然地摇了摇头,然后男生就开始嘲笑他说:"你真笨,连这个都没有见过!"过了一会儿又问他:"那你想不想去看母狗生崽子?"

男生眨巴着眼睛怂恿他,他在犹豫了很久以后才说"想"。之后他便在男生的带领下,成功地从自己母亲的视线里越狱。他们在路上狂奔,沿途都洒满他们高兴的笑声。

而这种放肆的兴奋感,也在他抱起那只刚出生的小狗崽时达到顶点。他把它捧在手心里,任凭它舔舐着自己的掌心,他一边"咯咯"地笑,一边喊"痒"。

母亲却在这个时候气急败坏地出现,她冷静且克制地喊:"江辰!"他捧着那只小狗,笑容僵在脸上,心虚地回头,而母亲已经走到近前:"江辰,你知不知道你在干什么?你怎么跟这种同学玩?还有你这手里是什么,脏不脏,你放下!"

在他缩手想把小狗往怀里拉的时候,母亲却一拂手就把他手中的小狗打落在地,他看着小狗抽搐了几下,就没有了动静。他都还没有来得及难过,就被母亲拉走。

他想在那时一同落地的,除了小狗,还有他的另一个灵魂。

等他走进教室的时候,教室里闹哄哄的。只有安然趴在桌子上睡觉,看见他走进来睁了一下眼,随即又闭上了。

他只好轻轻坐下,避免拖动椅子而制造更多的噪音。

他才刚坐下,莫苒就扭过脸来跟他说她要过生日,问江辰愿不愿意参加她的生日聚会。

江辰犹豫了一下,说今天晚上他还有奥数比赛要准备,可能去不了,让她们自己好好玩。

莫苒一脸失望,但还是挤着笑容,让江辰问一下他后面的安然愿不愿来,说班上的同学都叫了,就差安然了。

安然这时却从桌子上爬了起来,其实莫苒只是找机会跟江辰多说一句话,没有真的想邀请安然,但见安然已经听见了,她只好笑靥如花地对安然说:"今天晚上我过生日,有聚会你来吗?"

只见安然开口:"谢谢班长,今天晚上我要去画室!"

莫苒依旧保持着笑容,说:"那真可惜,我还以为你有时间呢!"说完脸上一副惋惜的样子。

在莫苒转头后,他回过头来看见安然脸上那一脸配合演戏的表情,突然笑了出来。而安然看见他笑,反而给了他一个白眼,好像在说彼此彼此。

今天是周五,少上一节课的欢欣早就已经满满当当的,在下课铃还没有响的五分钟前,整个学校所有年级的学生早都心猿意马。

江辰一边收东西,一边还听见夏桃李在莫苒的位置旁边跟他说:"江辰,你真不去吗?班长这次可是定了一个好大的蛋糕,班上的人基本上都去,你不去真有点扫兴!"

江辰把书包背在肩上,微笑着摇了摇头:"你们去吧!"

在莫苒他们都离开后,江辰看见安然一脸看把戏的表情,问怎么了,安然说没怎么就走了出去。

走到校门口的时候,江辰骑着单车追了上来。他下车跟着她慢慢走着,快要到公交站台的时候,安然说:"我们画室缺个实体模特。"

江辰总是猜不透安然的想法,只是低下头,侧过脸来看着她。

安然却突然从公交站台上一下跳下来,跳到马路上。她仰头直视着江辰:"怎么样,有没有兴趣?"

怎么样,有没有兴趣?

这句话像是深谷里的回响,在石壁上来回撞击,来回询问着。

他说不清安然有什么魔力,但是他总是能被她吸引,忍不住地想要去窥探她的那个世界。

在他们并肩从公交站台走过去的时候,在马路对面的学生书店。

齐珊:"欸,那不是江辰吗?"

夏桃李:"江辰怎么和那个丑八怪走在一起?"

2. 安然

安静地穿过那条深而长的巷子,右边居民楼已经传出了饭菜的香味。

安然突然开口说:"青椒炒肉丝!"

再往前走了几步,安然又说:"你能闻出来这家晚上是什么菜吗?"

江辰真的抬起了头,伸长了脖子学着安然的样子猛吸了一口气:"有虾的味道!"

"看来你的鼻子还挺灵敏的！"安然笑起来，露出一排洁白而又好看的牙齿，"今天你为什么不去莫苒的生日会啊？"突然跳跃性的问题。

"不想去而已，那些聚会没有什么意思！"江辰一想到一堆人挤在一个屋子除了吃东西，就是漫无目的地说话就觉得无聊，他参加过太多这种无聊的聚会。

"你不去莫苒该伤心死了！"安然一边摇头，一边说，语气有点可惜的意味。

"她为什么要伤心，不去的人又不止我一个！"

"你难道看不出来莫苒喜欢你吗？"这句话像是灌了风一样穿过江辰的耳朵，震得他耳膜发痛，他没有作声。但安然却一副笑嘻嘻的样子在等他的回答。

"你怎么也这么八卦！"江辰撇嘴说了一句。

"女生都爱八卦啊！你把我想得太好了而已。"安然笑意更大，步子跨得更大，一下就走到江辰前面。

她突然回过头："你准备好做裸模的觉悟了吗？"

这一句话的冲击力更是巨大。因为在他短暂的生命里，他的父母总是教育他说话要避开那些让人感到羞耻的词！

"裸……裸模？"他好半天才开口说出这个词。

"嗯！"安然的脸上憋着更大的笑意，最后终于忍不住爆笑出来。

"我还从来没有见到男生听到这样的词也会脸红，别的男生说黄段子的时候连眼睛都不会眨一下，"安然说，"江辰，你还真是个奇葩！"

安然这么一说他的脸更红："你听别的男生说过黄段子？"

"你难道没有听说过吗？"安然不答反问。

"听过！"

"那我们彼此彼此！有些东西不是你不想听，就避得开的！"安然笑得有点狡黠。

画室门打开的时候，里面一片昏暗。安然说了一声"奇怪，怎么没人"，就打开了灯。

整个画室里有些散乱，那些四处摆放的画架，画架上完成的未完成的画稿，削落没有扫干净的铅笔屑，全都在灯光亮起的时候铺陈在眼前。

安然说："你可以随便看看！"然后她就朝自己的画架走过去。

江辰一脸新奇地观察着画室，整个画室里到处都飘浮着颜料和画稿结合的气味，还有画稿上繁复的线条，绘制出每一个人的内心世界。

安然一直在调着颜料，她挖了一勺普通蓝色，再挖了少分量的白。搅拌后那种带着石质而略显锋利的蓝色就出现在调色板上。

安然还在搅拌的时候，江辰走了过来："这是湖蓝，最适合画高山上的湖泊！"安然说。

江辰看着安然蘸取了颜料后用画笔不断拖动涂抹着，然后湖泊雪山的轮廓就在本来空白的画纸上依稀可见。

他觉得坐在画架前的安然是最真实的她，她的专注让她整个人都在燃烧发光。他一直在寻找这样的感觉，虽然父母从小培养了他很多高雅的兴趣爱好，但他却一直不知道自己的真正兴趣所在。

江辰一时沮丧起来，安然似乎感受到了他气息的变化，她停下手中的画笔："本来今天我是想让你来做模特的，但忘记佘老师去省外参加画展去了，所以画室里都没人。你要是无聊的话，要不要先回家？"

江辰说"没事，我等你一起"，然后他随手从地上拿起一本速写本。正打算翻开，安然突然惊呼一声："不要！"随即又说："算了你看吧！"

他觉得奇怪。但在他翻开的时候，就不觉地停住了手指，然后往后翻一页又停住了，他看着那速写本上各个角度但是同一个人的侧脸画像。

"你什么时候画的我？"江辰怀着一种莫名期待问安然。

"无聊的时候画的。"很平静的回答，并不如他的期待。而他又在期待什么呢？

他"哦"了一声，又继续翻动着画本。在他默默看着画纸上那些安然描绘出来的各色世界的时候，安然突然叫他："喂，江辰！"

他抬起头来"嗯"了一声。安然一脸坏笑地看着他，说："今天画室没人，不能看你当裸模真可惜！"

他不知道安然为什么会突然冒出这句话，他脱口而出"去死！"他说出后惊觉不对，立马闭上了嘴巴。这是他人生第一次说这样的话。

安然看江辰一脸做错事情的表情，说"你这个样子，我觉得我好像个流氓"，然后她捂着肚子笑了起来。

江辰看着大笑的安然，一下就不拘谨了，还嘴道："你就是个流氓！"

他们居然在画室里你一句我一句地斗起嘴来，那种轻快的气氛，让江辰都忘记了时间的流逝。当安然在清洗画笔的时候，他才意识到他已经在画室里待了很久。

从画室出来，黄昏已经结束了，墨色在他们每走一脚，就更深一些。安然在昏沉里看见江辰的书包里有亮光在一闪一闪。

安然叫住江辰，说："你的手机好像响了。"江辰听见这个说了一声"糟糕"后，赶紧从书包里翻出那个已经被他静音的手机，果然上面已经有十数条来自"妈妈"的未接来电。

在巷子里的光线彻底沉下去的时候，安然看见江辰的脸上所有的表情也随着一起沉下去了。

他们走出巷子，安然正打算跟江辰挥手告别，这时停在路边的一辆汽车突然亮起了灯，照亮了他们。安然抬起手臂来挡着那刺眼的灯光。

在那灯光里安然看见有一个人下车来，就站在车门那里喊："江辰！"

3. 洛青

吃过晚饭，他正准备和母亲抢着洗碗，却听见楼底下传来一声车按喇叭的声音。按了一声就熄灭了，但仍然能听见车子的引擎还开动着。

他把碗拿到洗碗池里，又听见一声按喇叭的声音，然后还听见江辰母亲的声音，"是谁把车停在过道里了！"语气里多少夹杂着一些怒气。

他拉开厨房的窗子，把头伸出去，刚好看见江辰和他母亲下了车，站在楼下的灯光里。江辰的母亲脸色铁青，而江辰只是低着头，目光涣散，没有焦点。

到底发生了什么事？

江辰的母亲是他们小区里出了名的温柔体面的人，平日就算她再生气也不会像今天这样毫不掩饰地在外人面前暴露自己情绪。难道？他心里一惊。

看着江辰跟随父母上楼，他也把头缩回来继续洗碗，但是他的心却好像被灌了铅，无比沉重。没过一会儿，他就隐约听见从江辰家里传来的克制的责骂声。

他赶紧把水龙头关了，探出头去打算听得清楚一点。但是整个世界却静谧无声，只有偶尔吹过的一阵风，吹动地面的塑料袋，发出窸窸窣窣的声音。

难道是错觉？

他有点疑惑地收回头，然后一瞬又把头伸出去，真的没有一丝声响，难道真的听错了？

等他洗完碗回房间里，还未来得及开灯，他就掏出在口袋里的手机。刚刚在洗碗的时候，手机就已经在口袋里振动了好几次。

是同桌给他发送的消息，他一点开聊天界面，顿时整个人就愣住了。

只见同桌给他发的是："你一直关注的那个女生在贴吧被人黑了欸，你要不要去看看？"底下还附带了几张照片，他点开放大，照片里江辰低着头，而同桌说的女生就站在江辰面前仰着头，两个人看上去那么亲昵。

他当即就问同桌这些照片是哪里来的，同桌说就是在贴吧里下载的，去乔木高中吧，第一条被置顶的帖子"学霸喜欢上卖鱼怪"里就能看到。

等他手忙脚乱下载好贴吧，登录以后，果然就看见这条被置顶的帖子，评论显示竟然有上千条，整个乔木高中都没有几千个学生。

他只是略微翻动了几页，那些评论都不堪入目，他看得手一直颤抖。难道江辰的父母也知道了这个事情，所以才……那安然是不是也已经知道这个事了？

心脏更加沉重，好像已经到达了能够负荷的边缘。他退出贴吧，看着通信簿里那个排在第一位的名字。

有多少次他想鼓起勇气拨打这个电话，但每一次他都在拨打键上反复停留后，最终选择了放弃。

他紧紧地把手机按在耳朵上，手机里传出的振铃声加速了他血液的流动，在响动几声后，从手机那头传来一声很熟悉的女声"喂？"

但是在这头，他的耳朵里如同跑过了一列火车，轰隆隆的声音覆盖了他所有的思绪。半天，他才颤着声说："对不起，我打错了！"

而安然也在那头说了一声"没事"就挂了电话。

房间里的黑暗如同平静河水下汹涌着的暗流，一直把他卷到更深的黑暗里。在那黑暗里，他看见一个小女生带着倔强野茶花一样的眼神走向他，然后把手伸向他，跟他说："我又不能永远在你身边保护你，你要学会自己保护自己！"

第七章　瘴毒花朵

是否有这样的一朵花，它长在人的心里面，在见惯了黑暗以后，才会盛开。

1. 冉赤若

秋天就快要结束了吧？

清晨的风从树梢上吹过，带下树上仅剩几片已经枯黄的叶子，冉赤若抬头望了一眼头顶上的天空，高远宁静。总是满头的树荫，让人都忘记了彭泽其实也是存在于这片蓝天之下。

她戴着耳机站在学校门口特意等江辰，耳机里流淌着张杰的歌声："流言有一千分贝，它震耳欲聋，把所有幸福都摧毁。"

她听着听着就愤恨地把烟头扔在地上，一脚踩灭。

星期天整个贴吧里关于江辰与卖鱼怪的流言已经传得要炸了。就算她选择当聋子瞎子，不听不看，但是那些照片还是刺痛了她的心。在她面前，江辰从来没有过那种温柔的眼神，更不用提跟她并肩走在一起。

远远便见江辰骑着单车过来，车把上挂着两份早餐。他的脸浸在晨光里，风好像把他的五官削得更为立体，从校服里露出的身体也带着年轻的生命力。

她正打算打招呼，但江辰头都没转一下，骑着单车就从她面前飞驰而过。只一下江辰就转进了校门。等冉赤若追到的时候，江辰正从停车场那个拐角走过来，手里拎着那两份早餐。

冉赤若迅速调整了一下自己的心情，死皮赖脸地贴上去，问："江辰，这是给我带的吗？"她伸出手想要去拿。

只听见江发出一声低喝："别碰！"吓得她赶紧缩回了手。

头顶有只鸟儿似乎也受了惊吓，一下子振动翅膀飞了出去，在空中拉出一道很悲伤的弧线。缩回来的手如同在冷风里被吹了一整夜，骨节都是冰冷的疼痛。

江辰把她甩在身后，径自向前走去。冉赤若的表情还僵在脸上，突然江辰听见她喊了一句："你是给那个卖鱼的丑八怪买的吧！"

江辰往前走的背影僵住，但也只是一瞬间，他又抬起腿继续往前走。

流言有一千分贝，它震耳欲聋，把所有幸福都摧毁。但有的时候真相比流言的分贝更高。

2. 安然

安然今天来学校比平时都要早很多。但是同学们陆续走进教室看见她的时候，都用一种很怪异的眼神看着她，而后又迅速把眼神转到坐在她前面的江辰身上，嘴里发出那种带着黏腻感的"啧啧"声。

而今天江辰也很奇怪，她进门的时候，江辰抬头看了她一眼。微微发红的眼眶，还有略微显得疲惫苍白的脸，让她想起了上周五在画室巷子前发生的事。

江辰的母亲站在车门前，亮起的灯让她变成一块黑掉的暗影。那声"江辰"更像是黑夜里突然有人丢过来的一把刀，直接就插进了江辰的心脏。

江辰直视着那灯光里径直走过来的人影，有点发怵，那是一种发自内心的仓皇。

江辰的母亲走过来后，看见并排站在一起的江辰和安然，脸色是经过了几番克制和做过心理建设的。

只听见她开口："江辰，你怎么又和这样的学生在一起！"而后黑暗里飞过来无数把刀，一下一下无声地扎进安然的心脏。

安然翻开了语文书正准备晨读，坐在她旁边的叶诗然在憋了很久后，终于忍不住碰了碰安然的胳膊。安然转头见叶诗然用书挡住鼻子以下的脸，问道："你真跟江辰在一起了吗？"

安然听了脑子嗡了一下，问："你为什么这么说？"

叶诗然说："难道你不知道吗？你和江辰约会的照片都被人传到贴吧里去了，只怕现在全校的人都知道了，你还装！"叶诗然那种标准长舌妇的口吻，让安然顿时觉得太阳穴"突突突"地跳。

在她转头的时候，她才发现她已经被教室里潮水一样漫上来的目光包围，她一动，那些目光就迅疾退了回去，而后又慢慢地爬上来。

下课以后，安然揣着手机匆匆就往厕所跑。这时却看见冉赤若故意堵在厕所前面的围墙那里，见她过来站直了身体，直接把她截停，然后一股烟气就直接喷到她脸上。

冉赤若肯定也知道了那个谣言，安然没眨眼睛，只是看着烟雾里冉赤若那张显得有点虚无的脸说："别抽烟，对身体不好！"

在她绕过冉赤若走进厕所的那刻，她看见冉赤若的瞳孔明显放大了一下。

她关上隔间的门，赶紧从口袋里掏出手机打开叶诗然说的那个帖子。

帖子里上传的那些照片都是上个星期五她邀请江辰去画室的画面，而且里面更恶毒的还有她在菜市帮父亲卖鱼杀鱼的照片。

里面的评论每一条使用的都是恶毒无比的语言，还有一些是无中生有的事情，比如说她看着不声不响，实际上跟很多男孩子都有不清不楚的关系。比如说她妈是小三，当年跟她爸私奔才生下她，说怪不得她也是这副德行，原来是家里已经有了教材。比如说看见她在商店里偷东西……

她握着手机快要在厕所里僵掉，屏幕上的那些字句好像无数小蛇在啃噬她的心。突然有人在敲隔间的门。

她出来的时候，那个正要进去的女生看见是她突然"啊"了一声，脸上那种略带讥讽的表情一下就在女生的脸上漫延开来，在安然走出厕所的时候，她清晰地听见那句"就是她！"

她快速跑动起来，好像只有她足够快，才能逃离身后那片逐渐塌陷的世界。

安然进门的时候，她看见莫莳还有齐珊她们带着一副看好戏的微笑。这个世界上所有的暴风雨，好像都在这一天降临了。

等到安然走到座位上，就发现自己的水杯被人弄倒了。水在桌子上肆虐，把她的书全部都泡得潮湿发皱起来。而她出教室之前明明记得她的水杯盖子是盖紧的。

这时候安然终于忍不住，胸腔里所有的难过都化成一声怒吼："莫莳，你到底想干什么？"

同学都被这一句暴喝震得转过头，就连江辰也回过头来。

莫莳脸上带着明媚的笑容，十分得体地面带着惊讶回头：

"我做什么了？"

安然把自己湿透了还淌着水的书拿了起来："那这是什么？"莫茚依旧处变不惊，说："兴许是你没盖紧杯子吧，书湿了怎么能找我呢。"

见安然半天没有说话，莫茚又补了一句："安然，我可不是你，会做那样的事情！"

"哪样的事情？"

"你自己心里有数！"

有些时候你会感受到一瞬间的失重感，就像站在走廊上你突然觉得自己要掉落下去，就像你在梦里突然惊醒过来，就像现在莫茚的话仿佛是一双暗地里伸出来的手，直接把她从悬崖边上推下去。而她在掉落的绝望里看见江辰脸上的表情如同悬崖顶上的一朵云，被风吹散以后，只剩下一片满是荒凉的虚无。

上课铃其实早就响了，却迟迟不见班主任来上课。班上已经逐渐开始骚动起来。在人声还没沸腾起来之前，班主任走进教室说这节课先改为上语文课，语文老师一会儿就来。

在班上的同学还奇怪怎么突然改课时，班主任在讲台上又严肃地说了一声："安然，江辰，你们跟我到办公室来一下。"

穿过长长的走廊，一面是途经各个班级时探出来的好奇目光，一面是高远日光旺盛的湛蓝天空，这些交织碰撞在一起，在安然的睫毛底下，结成一道化不开的浓厚阴影。

到了办公室，安然就看见江辰的父母脸色很不好地坐在班主任对面的椅子上，安然似乎又听见空气里那种带着口水黏腻感的"啧啧"。安然抓住自己的衣角，心一下就塌陷下去。但她还是抬起头，沿着江辰父母看自己的眼神轨迹直接看回去，江辰父母看着这样的安然，脸色一下就变了，特别是江辰的母亲，一贯优雅的脸上似乎要喷出火焰来，要在下一秒把安然烧成灰烬。

在接下来无限漫长的时间里，安然和江辰的母亲在办公室如同一个死循环一样不断地争辩着，她捏着衣角的手指已经发白发痛。偶尔她的眼神划过江辰的脸的时候，她能看到从窗户外照射进来的日光并没有照到江辰的身上，他整个人都在暗影里。他垂着头，额前的头发以一种很自然的弧度遮住他的眼睛，让她根本就看不到他脸上是什么样的表情。

而此刻窗子外的天空里只有一片云，孤独地飘荡在整片天空里。

最后安然开口："不管你怎么说，我对江辰没有你说的那种想法！"江辰母亲已经气到极点了，本来今天来的目的就是想让这个女生自己知道羞耻，离江辰远一点，没想到这个女生不但如此嚣张，还一副桀骜不驯的态度。

"你父母到底怎么教育你的，我要见你家长！我要见你家长！"江辰的母亲怒不可遏地连说了两遍。

在班主任适时出来打圆场，并且拨通了安然父亲的电话以后，江辰的母亲才扶着剧烈起伏的胸口坐在椅子上用一种恨不得吃了安然的眼神看着她。而安然这时却不禁扯动嘴角，笑了一下。

就算是在未来这段记忆只剩下模糊的影子的时候，依然会觉得在今天这样的时刻，好像是一个很滑稽可笑的场景。

大约过了半个小时的样子，安然的父母才火急火燎地赶到办公室，而父亲的手上还沾着未洗干净的鱼鳞。江辰的母亲那一刻瞬间露出一种"原来如此"的眼神。

这个眼神落在安然的眼睛里，如同一把锋利的剪子，一下就把她身上所有的衣服都剪碎，让她如此难过且难堪。

第七章 瘴毒花朵　077

在班主任解释了一番后，安然父母连连道歉，母亲甚至拧了她一把说："这个死丫头！"

安然父母的道歉，也让江辰的父母做了让步，说今天本来这件事就没想闹大，只是要求班主任把安然和江辰的座位调开就行了。

最后班主任还说了几句收场的话才放她和江辰回去。

3. 江辰

秋末的阳光，如同在里面揉进了一层金黄色的颜料，在失去锐利感后温柔地打下来。

江辰看着走在他前面一言不发却脊背伸得笔直的安然，心里的愧疚感如同山洪暴发，他紧握的拳头也在太过用力过后，延伸出一种深沉的无力感。

刚刚在办公室里，每次他看到安然眼眶里即将落下的泪时，他都想张开嘴说"不关她的事"，但在他看见自己的母亲那张愤怒的脸时，他便再也张不开嘴。

进了教室，他看见安然安静得像一个机器人一样坐回自己的座位，她翻开已经被水泡皱了的书，脸上没有任何表情，也不抬头看他。那种陌生感，好像回到了他们彼此并不相识时候，而且还糅杂进了更多其他的情绪。

今天的阳光真是美好到不像话，没有树荫的遮挡，直接从天空里长驱直入投射到教室的玻璃上，在玻璃上反射过一道光后，剩下的全部都照进教室里来。

安然坐在座位上等待着劳动委员给自己分配值日任务，劳动委员是一个个子娇小的女生，在她眯缝了几下眼睛后，才开口说出:"安然负责打水!"

顿时班上不知谁发出一声"哈啊——"意思很明显,像这种班级大扫除,一般重的体力活都是安排给男生的,如今却安排给了安然,可想而知是为了什么。但是那声"哈啊"之后再没有任何反对的声音。

安然也没有说什么,只是走到后面提起水桶,江辰却在这时候伸出一只手来拉住了水桶,对安然说:"我来吧!"

阳光照在眼皮上有些发烫,在讲台上擦黑板的莫苒看到这一幕,朝后面喊了一声:"江辰,上面的位置我擦不掉,你过来擦一下!"

江辰没有理会莫苒,他的眼睛只是看向安然,眼神里包裹着一种无比哀恸的光,但安然只是一用力就把水桶从江辰手中扯过来:"不用,你还是做好你自己的事情吧!"

看着安然的背影消失在门框里,江辰的手指还保持着伸出去的姿势僵硬地停留在空气里,心里像是刮了一晚朔风后空旷的天空,凛冽得发痛。

此刻莫苒站在讲台上看到眼前的一幕,脸色已经难看得不能再难看。

她愤恨地跺了一下脚。

4. 安然

安然拧开水龙头,水跟桶身撞击发出"哗啦啦"的声音。她怔怔地看着水流进桶里,就好像那些水都流进了她的心里一样。

她不禁觉得悲从中来,一下就红了眼眶,但是她还是努力忍住没让自己哭泣。

有什么好哭泣的呢。

不是早就告诉过自己要做一个坚强的人，不能让别人看见自己的软弱么。莫莓算什么，江辰算什么，而江辰的父母又算什么，他们通通只是这个世界的一粒浮尘，突然进了眼睛里，把眼睛眯掉了而已。

自己会好的不是吗？那些那么多的伤痛，不都愈合了吗。

等安然提着一桶水走到门口的时候，突然一块粉笔擦飞出来不偏不倚砸在安然的脸上。粉笔擦落地，安然的脸马上显现出一块红一块白。

这时候讲台上的莫莓先是一脸惊讶，随即那种甜美的笑容就出现在她脸上："哎呀，安然，我不是想扔你的，我是想扔齐珊！"

而这时教室外面突然又飞过来一个板擦，正好砸在安然的后脑勺上，这下安然前后都是粉笔灰。而随之爆发的是齐珊跟莫莓如出一辙的惊讶的声音。

正在莫莓和齐珊在为自己小把戏得逞而互相递眼色的时候，安然突然弯下腰捡起地上的板擦，不偏不倚地又扔了回来，直中莫莓那张精致的脸。

莫莓顿时尖叫着跳起来："安然，你是不是有病！"

安然提着水桶面不改色地走进来："不好意思啊，我打算扔到讲桌上去的，没想到砸到你！你没事吧？"

这时正在擦玻璃的江辰已经看到了讲台前的闹剧，他拿着抹布走了过来，而莫莓脸上愤怒的表情也如同被按动开关一样迅速收敛起来，换上一副无辜而又美好的表情，说："我没事啊！"然后她的眼睛直勾勾地盯着安然的眼睛。

是的，莫莓不会有事，有事只会是她自己。

心里的难受鼓胀起来，安然提着水桶直接错过江辰往后走去，而江辰也在安然走过去以后，停住了脚步，他眼里的光明明灭灭。而教室里本来汹涌着的明亮光线，这时也都如同沉在水里一般昏暗下来。

女生们不断在嚷嚷着："哎，这水好脏了，安然你帮忙换一下吧。"

"安然，你接水能不能快点啊，一桶水都已经用好久了。"

"安然，你到底在干什么！"

……

安然把水桶放在水龙头底下，呼了一口气，接完这一桶水，今天的班级大扫除也算结束了。但这时莫苒和齐珊，还有夏桃李却走了过来。莫苒的手背在背后，安然还没说出"你们又想干什么"，齐珊和夏桃李就直接过来把安然的两只手按住，然后莫苒走过来把一瓶红墨水打开，兜头淋在安然身上，说："你嚣张得很啊！"

秋日盛开的带有瘴毒的花朵，在阳光暗下来的那一刻，肆意伸展着自己的花瓣。而天边灿烂的云霞，多么像一个悲伤的隐喻啊。

安然挣脱夏桃李和齐珊的禁锢，提起在水龙头下接了一半的水桶，直接往莫苒身上泼去。莫苒没有防备，被泼了个透心凉！

"你！"莫苒被气得眼珠都要瞪出来，她扬手去打安然。

"莫苒！你干什么？"江辰在后面喊。

莫苒转过头，正好看见江辰提着一个水桶走了过来。"我……"莫苒后面的话还没说完，江辰已经走到她们面前。他看着从安然头发里一直蜿蜒到脸上的红墨水，又难过又有恨意，但是他不知道是在恨自己还是在恨莫苒她们。他掏出了口袋里的湿巾递给安然,安然却忽视他伸出的那只手,弯腰捡起地上的水桶,继续接着水。

等到安然接好水回来的时候,同桌叶诗然在门口等着说:"安然,班主任找你!"

一天进了两回班主任办公室,安然想在乔木高中,除了她,也不会再找出第二个。刚刚在班主任办公室里,莫苒一脸无辜带着哭腔的样子,安然莫名有点想笑,她觉得莫苒真是天生的演员,不去演戏很可惜。

班主任在听完莫苒的陈述以后,脸迅速耷拉下来,并且让莫苒先回去。莫苒转身的时候,立马朝安然露出一个得意的笑脸。莫苒走后,班主任先是严厉批评她,后又语重心长地劝诫她说她们这个年纪的孩子有点叛逆的心理是能够理解的,但是最主要的还是要以学业为主,最后给出了让安然回去面壁思过两天的处罚。

安然也没有过多去争辩,因为她实在是做不到像莫苒那样能把黑的抹成白的,明明是莫苒故意找茬把墨水淋在她头上,最后却变成莫苒不小心脚滑,手里的墨水瓶飞出去,墨水洒在她身上,然后她为了报复莫苒,直接提起水桶把水泼在莫苒身上。

安然从办公室里出来的时候,学校已经空荡荡一个人也没有。

安然走进教室正打算收拾东西,看见自己桌子上的书已经被人拂散在地,上面还有人踩踏过的脚印子。

当她蹲下来捡那些已经被水泡得发皱了的书本时,却看见在书本的扉页里被人用黑色的马克笔写着"贱人"、"婊子"、"丑八怪"这一系列肮脏而又恶毒的词汇。

心里本来就鼓胀着的苦涩感,一下如同被人扎破了的气球,

"嘭"的一声炸裂。她突然就再也忍不住放声大哭起来。

她哭了一会儿,才从地上起身,拿起杯子去饮水机那里接了一杯水,直接泼在莫茞理得整齐的书本上。

看着书的扉页渐渐变湿发皱,她的心也跟着皱了起来。

明明自己也是这个世界上同样的存在,为什么有的人有人爱,有的人家世好,有的人外表俊秀,有的人成绩斐然,只有自己像是被人抛弃的残次品,这样孤立无援。在每一个清晨和傍晚都需要在心里默念"今天,也要努力快乐呀!"来催眠自己,但是真的快乐吗?

第八章　天使

我不是降临这个世界的天使，但我却像这个世界上所有的雨，是为你而来。

1. 洛青

红绿灯。

洛青的眼神看向窗外那些随着公交停止而停止倒退的高大树木。洛青一直觉得彭泽像是一个上辈子的居住地，因为他上辈子在这里生活过，所以无法忘记这里可以遮蔽天日的树木和那些被树荫挫去锐角的阳光，在经过几番轮回以后，他还要回到这里。在这样一个普通的秋末下午，在校门口等待着一个在他记忆里轮回了无数遍的女生，然后跟着她上了同一辆公交。

而眼前的女生却是前所未有狼狈的模样，从她头顶发丝里延伸下来的红墨水粘在她的后脖颈上，而白色的校服背后，也是大片晕染开来的墨渍。

女生把脸靠在自己拉扶手的那只手臂上，周围的乘客都用一种好事的眼神猜测在她身上到底发生了什么事。

而他悄悄挪过去主动挡在了女生的背后，很近的距离，能感受到女生身上散发出来的热气。

终于在他反复酝酿以后，他脱下自己的外套，然后抬手拍了拍女生的肩。女生感受到他的动作，扭头过来一脸疑惑地看着他。

他伸出手上的外套，微笑着说："遮一遮吧。"

安然看着眼前这个个子比自己高出一个头不止的男生，陌生的脸，却有一种似曾相识的熟悉感。她的眼睛移向男生伸过来的外套，一样的校服，原来也是乔木高中的学生，没准以前在学校里碰到过，所以留下了相识的印象。

她在犹豫。

洛青看出安然眼里的犹豫，他干脆把手再向前伸一点："喏，穿上吧。"他眼里温柔的笑意似乎给了安然勇气，安然伸出手，接过他的外套，说了声"谢谢"后就快速穿在身上。但是那外套是真的大，一直都能遮到安然的大腿，而且她接起外套的时候，就能闻见上面有一股淡淡的香味，像是橙树开的花。

穿上后，安然回头问他："那我怎么还给你？"

如果用安然的话来说，洛青此时脸上的微笑就像是冬日里久违的阳光，它从天空里照射下来的那一刻，就驱散了所有的阴冷。只听见他说："不用还。"半刻他看见安然脸上的表情，惊觉自己说错了话，连忙补了一句："这个外套我有两件！"

之后他们两个人就一直保持着原先的姿势站着，一路无话。直到快要下车的时候，安然突然问了一句："你住在附近吗？"

他愣了一下，点头说"嗯"，又说："你呢？"

"我也住在附近。"安然说这句话的时候，公交刚好到站。他们下车正准备分道扬镳，安然却在走了几步以后，回头跟他说了声："谢谢！"

他微笑着朝安然摆了摆手，然后天光就狠狠暗了下来，他站在昏沉的夜色里，心里却像是被人灌下了一整瓶的醋，那种酸涩到最后发痛的感觉，让他一抬手就能摸到自己眼里流下的滚烫泪水。

有些感觉就像是突然开闸的洪水，那些喜欢、愧疚、抱歉、心疼全都一泄而出，沿着血脉冲出眼眶。

但是这个世界上所有的悲哀，都不是一个节点造成的。它是所有的事件、人物、情绪都并联在一起，并不会因为拿掉一个灯泡，而阻止最后要发生的结果。

2. 安然

到家以后，安然看见父母正一言不发地坐在客厅里，两个人在无形地对峙。她知道在她回来之前，他们肯定已经吵过一架了。

这种易碎的氛围，用手戳一下都会塌陷。

安然只是说了一声"我做饭了"就转进了厨房。

果然在她进入厨房的下一秒，母亲便在外面破口大骂起来，父亲则在一旁骂道："林娇，这就是你教出来的好女儿！今天算是丢人丢到马路上去了。"

厨房里因为没有装排风扇，油烟呛得她眼泪直流，大颗的眼泪直接砸手背上、锅铲上、碟子里……但是她都腾不开手去擦，只能任由它们在脸上肆虐。

在她做好饭菜端出去，正想开口问爸去哪了？就被一只飞跃而来的拖鞋砸得头晕眼花，然后就是母亲的骂声："让你丢人，让你不争气，叫你那个死鬼老爸看我笑话！"

但是在拖鞋落地后，安然依旧朝着桌子走过去，像没有经历过那一下一样把饭菜摆在桌上:"妈,吃饭吧!"

像是机械发出的声音,不带任何感情。

多少次她也渴求受了委屈后温暖的怀抱,淋了雨后握着伞等在路口焦急寻找的眼神,晚归时担忧而念叨地站在门口的等待。但是每一次什么都没有,只有冷着的脸和家里冰冷到让人窒息的氛围。

但是这个氛围到底是从什么时候开始的,是从父亲赌博开始,还是从父母要闹离婚开始,她已经记不清了。

她只记得在他们要搬进新家的那一夜,父亲被人打得鼻青脸肿地回来,然后母亲发了疯一样冲上去就要打父亲。最后她再问母亲他们什么去新家的时候,母亲只是目光呆滞地说:"没了,什么都没了!"

原来父亲赌博欠了巨额赌债,新房子已经卖了贴了赌债。

也许就是从那个时候开始,生命的途径就像是高山上流下的河流突然出现分支,然后就一发不可收拾地朝着悲哀的方向奔腾到现在。

安然只是一个劲地往嘴里扒着饭,极力地克制着自己的眼泪。但母亲看着眼前的安然,本来生气的脸却一下就流下泪来:"你怎么就不知道争口气!你爸不管我们,还让他这么笑话我们!"

安然还只是扒着饭,母亲突然伸出手来摸她脸上刚刚被拖鞋砸中的地方:"疼吗?"

看着母亲脸上流下来的泪,她摇了摇头:"不疼!"但眼泪却开始簌簌往下落,那些封禁在心里的情感,似乎被人划开了一个口子,开始涓涓地往外流。

即使这样彼此孤立隔绝,他们也终究是自己的家人,愚蠢地爱着彼此，又真切地伤害着彼此。

3. 江辰

不论他飞得有多远，多高，他的风筝线永远牢牢地握在母亲的手里。

就像今天下午他本来打算在学校里等安然从办公室里出来一样，母亲却在这个时候准时打电话过来，问他在学校有没有事，没有事就准时回来。

所以他没有等到安然，就先回来了。

饭桌上，母亲一直拿恶毒的话来评价安然和安然的家人，他也只是默默吃饭没有辩解。

他吃完饭便直接回了房间，仰躺在床上，回想起今天在学校里发生的一切。

想到安然下午看他的眼神，他觉得有点心烦意乱。这个时候手机却响了，他掏出手机，是冉赤若给他发的消息，消息大致意思就是问他有没有吃饭，现在在干吗。他没有回复，隔了一会儿冉赤若就又发了一条过来，有点让人摸不着头脑："你真的不记得我了吗？"

江辰本来觉得冉赤若又是临时起意在恶作剧，不想理她。但是又一条消息发过来："但我永远记得你！"

"咚"，"咚"，"咚"一连三条消息，让他觉得有点怪。他点开聊天界面回复："你是不是发错了！"

他才按了发送键，冉赤若那边立马秒回："你居然会回我消息！！！"打了三个感叹号。

本来他还以为她出了什么事，但是看到这一句他立马能想到冉赤若那令人讨厌的表情。

　　自己到底在发什么神经要回复她。他懊悔地从床上爬起来，翻开了书桌上的习题册，却从窗子里看见刚刚回家的洛青。

　　他又想起洛青跟他讲过的那个故事。

　　他想，如果洛青的父母知道洛青的故事，又会做何反应？反正肯定不会像自己的父母这样过激。

第九章　雨水

他看着手心里的雨水，濡湿的不止是他的掌纹，还有那些在梦里的青春。

1. 冉赤若

谣言对人最大的伤害，哪怕是造谣者闭紧了嘴巴，但是依然能从一个眼神里看出如芒刺一般的恶意。最后恶意无限发酵，萌生出更大的黑暗来。

早上课间冉赤若在停车场拐角处抽烟的时候，她听见一群女生在小声地嘀咕，好像是在筹谋什么计划。那一群女生也似乎很是开心，还说："看看那个丑八怪明天还嚣不嚣张得起来！"

她知道其中的一个声音是来自高二2班的莫苒，这个女生是学校的校花，典型的人美声甜学习好。在贴吧里也很有名气，还被各个理科班男生推崇为心目中的女神。

她嗤笑了一声，什么狗屁女神！

却立马听见"谁？"然后几张脸就出现在她面前，莫苒走在最前面。

莫苒那张甜美的脸上表情复杂，而她只是若无其事地抽着烟说："我都听见了！"

而这下莫苒和其他两个女生的脸色一下就苍白起来,下过雨,天色很灰,而天上厚重的云层也像随时会倾压下来一样。

过了半晌,莫苒的脸色终于恢复过来,她开口:"那些传闻你难道没有听说过吗?"蓄意想要挑起仇恨的口吻。

但是冉赤若听了却没有任何动作,连脸上的表情都不曾有任何变化。

莫苒吃了闭门羹,还不死心:"你不是也喜欢江辰吗?为什么不去教训她!"

甜美的声音和恶毒的话语,硬生生在空气里拉出强烈的对比。

"你们不是都已经帮我教训过了吗,在贴吧里诽谤,泼红墨水,不都是你们的杰作!"冉赤若吐了一口烟气,悠悠地说。

这时莫苒整个人脸上的表情五光十色的,左手的拇指一直在抠右手的手心。罪行被人赤裸揭发的时候,难免还是会有些难堪。

"你们的事情我没有兴趣掺和。"她把烟头扔在地上,一脚踩灭,"但我也不会去告发你们!"

她转身就要走,莫苒却拉住她的衣袖:"你说话算数?"

但她只是转头看向莫苒拉住自己衣袖的那只手,眼里有嫌恶,莫苒讪讪地收回手去。

"你最好说话算数!"在她离开拐角的时候,莫苒在后面朝她喊。

等她快要走到楼梯口的时候,她看见那个叫安然的女生正好在楼梯上。

她喊了一声:"喂!"

女生突然停下来回头,从楼梯上向下看了她一眼,然后迅疾转头,快速沿着楼梯走上去了。

她看着女生消失的背影,在心里嘀咕了一句:果然是个丑八怪!

2. 洛青 & 安然

看着最后一丝光线从天边坠下去,洛青的眼睛不时望向那条长而深的巷子,等待着那个身影从巷子里出现,然后他会假装路过,说:"嗨,好巧啊!"

安然从画室出来正在锁门,手臂却突然被两股巨大的力量钳制住一直往更黑暗的地方拖,她害怕得一直挣扎,并且发出尖叫。

在把她拖到那栋废弃烂尾楼的时候,钳制住她的力量就把她按在墙上,狠狠地扇了她一巴掌,她被扇得头偏过去。

而后那人又捏住了她的下巴:"你叫啊,现在怎么不叫了!"然后拿灯光照在她的眼睛上,嘲讽了一句:"就这么一个丑八怪!"

她忍受着下颌骨上的疼痛,努力睁眼想看清眼前到底是些什么人。但那人又突然一把揪住她的头发,另一只手按住她的肩膀,用膝盖不停踢她的肚子,动作又快又狠。

绝望里,她听见一声包裹着无限悲痛的吼声在黑暗中响起:"滚开!"

听到声音,那个踢她肚子的人就放开了她的头发,失去了支撑的力量,她一下就沿着墙壁滑倒在地。

这时她才睁开眼看清楚,那个吼声的来源是那天借他外套的男生,而另外的是一群身份不明的混混。

洛青看见倒在地上嘴角还淌着血的安然，心头一阵发痛。那群混混看见他，都蔑视地笑起来，其中还有人叫嚣："哟呵，居然还有人想英雄救美？"说完周围又传来一片笑声。

他只是冷静地举起自己的手机在空中晃了晃，说："我已经报警了。"

小混混们先是变了脸色，然后带头的混混一下打掉他手里的手机，恶狠狠地说："这招我见多了，想骗老子！"

洛青看见手机落地，眼睛里的光线闪动了一下："不信你们看看我的通话记录。"

混混头努了一下嘴，就有人从地上捡起手机，才看了一眼："老大，他真报警了。"

他盯着带头混混的脸："警察还有三分钟就到！"

那群混混顿时慌了神，在恶狠狠撂下一句"算你有种"后就作鸟兽散。他看着地上如同被撕裂布匹一样的安然，忍着心疼扶起她，但在看见安然脸上巨大的红手印和被打破的嘴角时，还是一不小心就骂出："这群浑蛋！"

安然却没有很大的反应，她在说了一声"我没事，谢谢你"后就走出他的搀扶，蹲到地上去捡她刚刚挣扎时掉落的书包，但却疼得再也站不起来。

洛青赶忙也蹲下来："前面有个医院，我陪你先去医院看看吧？"

手机微弱的灯光，照亮脚下的路，安然随着洛青的搀扶深一脚浅一脚地走出巷子。

在医院里，安然问他："你真的报警了吗？"

"没有，我只是把一个推销的电话号码设置成了110。"

安然却转过头来很认真地跟他说："谢谢你！"

这个世界上究竟还有多少苦涩在蛰伏着，在等待着，然后在一个合适的时机突然就爆发出来，让人毫无防备，只是张着嘴不知道该说什么好，就像现在这样。

如果安然知道造成这份痛苦的背后，他也是一个参与者。她还会对自己说谢谢吗？她又会怎么看待自己？

他也扭过头，依然微笑说："没什么的！"

3. 江辰 & 安然

雨水带着秋末冬初的寒意钝重落地。昨天他在房间写作业的时候，明明听到母亲在外面听天气预报时播报的今天会是个晴天。

但是现在晴天却被灰蒙蒙的云层和雨水取代，就连晨和昏也模糊了界限。

他黯然地坐在座位上，感受着安然在他后面收拾东西。无论是拿动书本还是拖动桌椅，每一丝声响似乎都踩到了他的神经。每一刻他都想转过头去跟她说点什么，但是一直到安然把所有的东西都挪到教室最后一排那个桌子上去的时候，他都没有转过头。

而安然一直低着头，沉默无声。

上早自习的时候，他就看见安然的脸上青紫了一大块，眼睛的周围也肿了，并且嘴唇上还结起了一块黑色的痂。他就知道一定发生了什么。他给安然写纸条，安然却没有伸出手来接。而课间的时候，班主任就面色凝重地走进教室，当着全班的面批评安然不该在校外跟人打架斗殴。班上顿时一片哗然，莫茵也在回头时用一脸惊讶又无害的表情看着安然，而在转头的时候脸上的笑容却像是陡然盛开的花朵，带着巨大的空心的黑色花盘。

雨还是没完没了地下，而云层也压得更厚，天更黑。

教室里像是一瞬间被人关了灯，陷入一片混沌里。

"嗒"，一声巨大的水滴落的声音在教室里响起，然后经过耳膜的反复震动，又传递给大脑，最后释放出一种叫作悲伤的情绪。

是有人哭泣了吗？

等安然从画室出来的时候，她看见江辰就站在巷子口，那种潮湿且朦胧的光线笼罩着他。她猛然想起不久前，他们还在这样潮湿的天气里去坐过渡船，而现在她和江辰之间似乎真的已经隔了一条长江，就像小孤山和她的恋人，永远也跨不过那道隔阂。

她拉了拉身上的书包带，似乎想给自己一些向前走的勇气。等她走到他面前的时候，江辰说："安然，对不起，我……"

他还没有说完，安然就开口说："这一切跟你没有关系，你不用道歉。"然后她绕过江辰走开，江辰却一直推着单车跟在她的身后，在走过很长一段路以后，她突然停下来，转身。

江辰往前的脚也停滞住，他们分别站在两束路灯灯光下。安然就站在自己的那束灯光下朝他喊："江辰，我都说了跟你没有关系，你能不能不要再跟着我了，滚回去做你的好孩子不好吗？"

随后安然的影子在地面上越拉越长，离他越来越远。

最终他跨上单车，沿路灯光与璀璨都随着车轮的转动而被一一碾过，在他心上留下很深的车辙，安然的话依然还在耳边回响："江辰，我没有时间再陪你玩叛逆游戏了，我们不一样。"

越踩越快的车轮,踩到最后链条咔嗒一声断裂了,而他体内那股巨大的悲伤,也终于找到缺口,他伏在车把上,肩膀剧烈地耸动,眼泪便如同雨水落地时一样,发出钝重的声响。

哭了一会儿,他下车,推着车往家走。走着走着,他却在街边看见正在喂流浪猫的冉赤若,而冉赤若也早就注意到他。

他没有理会她,而是扭回头推着单车继续走着,冉赤若却走过来拦住他。

他转了车头,从她身边绕过去,冉赤若再次走上来拦住他。在重复了好几遍以后,他有点不耐烦,抬起头来怒视着冉赤若。

但是冉赤若的眉眼却近距离地冲进他的眼睛里,他看到她眼睛上涂的红色眼影,就仿佛是一团烈火在燃烧,一下就烧空了他心里所有的情绪,只剩下胸腔里发哑的疼痛。

冉赤若问他:"你为什么这么晚了才回家?"

他没有回答。

冉赤若又问:"你是不是出什么事了?"

他依然不答。

冉赤若看着他发红的眼眶,还有单车断裂的链条,好像明白了些什么,她又说:"你刚刚是不是哭过了?"声音轻轻如同晚风拂过。

江辰仍旧一声不吭,冉赤若却突然走过来抱住了他,本来他想挣脱,但冉赤若只是轻轻地抱了他一下,就放开了。她松手时他听见她说:"江辰,回去吧,回家吧!再大的难过也终会如同晨雾一样,在太阳升起时散去。"

说完冉赤若转头就走了,他望着冉赤若消失在路灯下的身影,好像和安然的背影重叠在一起了。他好像从来没有见过这样的冉赤若,在他的眼里她一直是一个讨厌又肤浅的女生。

雨又下起来了，没有尽头，不会停止。

在明早起床的时候，雨水依旧高悬在彭泽的上空，然后在一瞬间全部落地，发出钝重的声响。

而那些晨雾会隐藏在雨水后面吗？而阳光呢？

第十章　山间茶花

　　手心里开出的花，如梦般易碎，风一吹，顷刻就落了。
　　而开在山间的女孩，她的花瓣，已经渗透我的灵魂。

1. 冉赤若

　　冉赤若依旧站在停车场的那个拐角处抽烟，上次她就是在这里听到了莫莘她们的阴谋。生命有时候就像一双无形的手，把你推进宿命的怪圈里，然后齿轮咬合，所有人的命运开始旋转起来。
　　她靠着墙，抬头望着有些雾蒙蒙的天空，她的脑子闪过无数的东西，有江辰那天晚上推着单车走在街上落寞的脸，也有那个女生在楼梯上回头看她的时候冷清而又苍凉的眼神。
　　那个女生到底有什么特别的呢？
　　想了半天无果后，她碾灭烟蒂转身开始往外走，这时刚好路过厕所前面的那堵围墙，她记起来上次她就是在这里堵住那个女生，故意把烟气吐在了她脸上，但女生只是看了她一眼，并且说了一句："别抽烟，对身体不好！"

也许这个女生真的跟别人有什么不同，那一刻她觉得。然后她抬头就看见江辰从停车场出来，手里还像上次一样提着两份早餐。她知道这依然是江辰给那个女生带的。等到江辰走到近前，她一把就从江辰的手里拿过一份早餐，在江辰还没反应过来时，她就直接咬了一口，然后说了一句："反正也没人吃，浪费了多可惜。"

她看似说得漫不经心，眼睛的余光却一直在江辰的脸上停驻。在她说完这句话以后，江辰的脸色顿时像是被人踩了尾巴的猫，一下就苍白起来。他停下来看着她，眼里似乎还带着恨意。

而冉赤若还是大口嚼着，像是泄愤一样。明明都没有人吃，还要坚持带。她在咽下一口包子以后，抬起头来朝着江辰笑了一下："你在哪个包子铺买的呀，我怎么从来没吃过这种馅的包子？"

在那还不太明亮的天光里，江辰看见冉赤若的笑容，他觉得这个女生还是那样让人觉得厌恶。所以他只看了冉赤若一眼，就直接走开了。

冉赤若好像并不介意，反而跟上来，说："最近学校里有个英语选拔赛，你们班主任有没有要求你参加呀？"

他没有理，继续往前走，而冉赤若就一直在他耳边聒噪。说这个比赛特别厉害，要是赢了选拔赛就可以去参加全国竞赛。到了教室门口的时候，他才接收到一句："到时候还会有电视转播，所有人都能看到这场比赛。"

进了教室，他看向最后一排那个与垃圾堆靠在一起的座位，他本想抬腿往那边走，但是脑子里又是冉赤若的那句话："反正也没人吃，浪费了多可惜！"

他茫然地停住身体，半天才转身往自己的座位走去。

2. 洛青

早上一到校，洛青就想起自己的笔芯好像告罄了，他一转身就朝学校里的小卖部走。

"上次江辰的爸妈还来了呢！"

"真的啊？"

"我骗你干吗！"

"以前还以为你们班的江辰是眼光高，没想到是口味重，居然喜欢那种丑八怪！啧啧啧……"

他一进小卖部就听到这样的对话，那两个女生付完钱拿了零食正准备走。洛青却突然从背后叫住了她们。两个女生齐齐回头一脸疑问地看着他，他盯着其中一个女生的脸问："你叫什么名字啊？"

那个女生在看了他半天后回答："叶诗然。"

女生还在等着他后面的话，他却突然转身就往文具区走。片刻他买了笔芯以后，女生已经离开，他也开始往教室走。其实刚刚他开口是想问问叶诗然她们为什么要这么中伤别人。但是转念一想他就觉得自己似乎没什么立场可以来质问别人，所以他立马按捺住了自己，免得给安然带来更多不必要的麻烦。

春天什么时候会来呢？突然他的脑子冒出这样一个想法。他伸出手去感受空气里的风，明明冬天都还没有开始。

等到他走进教室，都还没坐下，同桌就一脸兴奋地凑了过来："我这里有个好消息要告诉你，你想听吗？"

他把书包塞进桌洞里："你能有什么好消息？"

"真的是好消息，学校里要举行英语选拔赛，最后只选三个人去参加全国英语竞赛,你要是去参加,肯定能被选上。"

"学校里这种比赛多了,没兴趣!"他打开书正打算读。

"你真的没兴趣?听说这次参加的还有高二的那个天才呢?"

他翻书的手停顿了一下,他知道同桌口中的天才就是江辰。"那选拔赛什么时候开始?"他问。

同桌根本都没发现他的情绪转变,开口便说:"现在还在各班征集名额,下周三就举行吧!"

他听了没有说话,同桌就一直在旁边问他:"你到底参不参加呀?"

终于等到放学的时候,同桌在走之前拍了拍他的肩膀说:"壮士,接下来的比赛,你一定要代表我们高三1雪前耻,打败江辰!"

洛青一边收拾书包一边笑着摆头,有点无奈地说:"这次是选拔赛,不是淘汰赛!"

同桌挠了挠后脑勺:"哎呀,总之一样啦,之前各种比赛我们高三都比不过江辰,这次就算没机会打败他,但是我们要进全国决赛!"说完同桌比了一个加油的手势就跑出了教室。

而他脸上的笑容也在同桌走后,慢慢沉下来。

江辰真的有那么容易打败吗?

他收好了东西就往外走,走到公交站台的时候,他刚好看见那个熟悉的身影上了公交车,而后他也跑了上去,特意在车上挑了一个靠后排的位置。

但他不知道,他一上车的时候,安然就已经看到他了。正当他站定的时候,安然就从前面挤了过来,向他打了一个招呼。

他略微有些尴尬地也说了一声:"嗨!"

公交开动的时候,他听见安然说:"上次你借给我的外套我洗干净了，喏，还给你！"安然伸向他的手里提着一个袋子："上次在医院我忘记还给你了，最近也都没有碰到你，就一直放在书包里。"

他伸出手来接过袋子，里面衣物清洁的芳香就传递过来，他笑着说了一句："你洗得这么干净，我以后都不敢穿了！"

安然昂起头有点疑惑地看着他："因为我怕弄脏了，就再也洗不了这么干净！"他还是笑着。

安然却在他的笑容里想，这么干净的男生，永远都不会脏的，脏的只会是他们这些生活在泥泞里的人。这样想着，安然低下了头。洛青看见安然眼里的光黯淡下去，也没有再说什么，两个人就这样一直到下车。

下了车以后，安然就挥手向他道别。

他看着安然跑过一条黑暗的隧道，而在隧道尽头的不远处，有一条长长陡陡的阶梯，他知道爬上那道阶梯，安然的家就在上面。

他为什么会这么清楚，是因为他曾尾随安然爬过这条阶梯，一直至顶。那时候他很好奇，小时候救他的女孩子到底是在一个怎样的环境里长大的。等他爬上去站在安然家门外的时候，听见骂声，哭声，摔砸声纷杂在一起，他还清晰地听到安然带着哭腔的声音："妈，你们能不能不要再吵了。"

他幻想过各种各样安然生长的环境，却从来没有想过会是这样的场景。

那天晚上回去的路上，他的心就像是在水里泡了一夜的海绵，吸满了水，肿胀得发痛。

他知道有的人生活在沟渠里，却在望着天上的明月。但是他不知道安然就是这样的人，她所有的沉默和坚毅，都是扎根在这样的土壤里,她像是兀自开放在山野里的野茶花,生命力顽强,却总是清冷疏离。

哎!

是谁叹了一口气。

3. 安然

安然到家以后把书包甩在沙发上,冲着房里喊:"妈,我回来了!"

房里却静悄悄的,她环顾了一圈,家里门户洞开,难道是遭了贼?一瞬间她又否定了自己,母亲肯定又去麻将馆抓父亲赌博去了。她刚这么想,隔壁的王婆婆就过来告诉她说她妈下午从阶梯上摔下去,已经送到市立医院去了。

安然飞奔出门,下楼梯的时候,她看见楼梯上大片的血迹,已经凝结发黑。刚刚她回家的时候,还以为是谁泼洒的红颜料。

安然只觉得全身发冷,她跑到下面就开始疯狂地拦计程车,然后不停地给自己的父亲打电话,但是电话那头却一直回答:"对不起,您拨打的电话已关机,请稍后再拨。"安然急得眼泪直流。

到了医院,她在前台跟护士询问过以后,护士说病人林娇现在还在十三楼的手术室。她红着眼眶直接冲上楼去。见她上来,隔壁的邻居夫妻就从椅子上站了起来。

"阿姨,我妈……"她话没说完,就哽咽起来。

邻居夫妻看着心里也是一阵悲戚,走过来一边轻拍她的后背一边安慰她:"没事的,没事的,你妈应该一会儿就可以出来。"

安然的眼泪却越流越多,像是从眼睛里流淌出一条河流来。

手术室前的走廊静谧无声，只有消毒水的气味在空气里飘浮，而手术室上面显示"正在手术"的红灯一直亮着，一直到了晚上七点钟的时候，才转变成绿色。

之后那些只有在电视里见过的桥段此刻便在安然面前一一上演。

只见医生从手术室里走出来，摘了脸上的口罩，就开始讲病人暂时没有生命危险，但是头部有严重的外部创伤且伴有脑出血。上半身右手手臂粉碎性骨折，胸部有三根肋骨断裂，但是万幸没有戳破内脏。但是整个腰椎已经完全摔坏了。

最后医生无奈地叹了一口气，说："我们已经尽了最大的努力了，但请家属做好病人瘫痪的准备！"随后母亲便被推入了观察病房，不接受探视。

安然在病房外的窗子里朝里面看见被纱布缠裹得严实的母亲，她瘫坐在地上，眼泪不停往下流，却没有任何声音。

邻居夫妇站在身后，也不知道该如何安慰她，两个人犹豫了很久后才发声："安然，你快去找你爸吧。"

安然扭过头来，脸上还带着泪："可是我妈……"

"你妈还要在观察病房待好久，我们在这替你守着，你快去吧。"

安然这才起身，然后快步朝着电梯跑去。

邻居夫妇看着安然跌跌撞撞跑走的身影，一阵心酸，顿时走廊里安然身后飘来一句："造孽啊！"然后就是一声沉重的叹息。

麻将馆里烟雾缭绕，安然在外面看了好久才在那烟雾里找到自己的父亲，而父亲却还在兴致勃勃地打着牌。

安然狠拽着自己的衣角，防止自己未开口泪就先流出来。有牌友见安然进来，就开始取笑道："哎哟老安，今天你老婆没来，你女儿来了!"音调极尽了戏谑的意味。

父亲却连头都没转,继续摸着牌。安然走过去,一把就把父亲面前的麻将拂倒了。

看见自己面前的牌被拂倒,父亲一下来了气,站起身抬手就给了安然一巴掌,嘴里骂道:"没看我这副好牌吗,跟你妈一样都是发不起财的命。"

打完却看见安然满脸是泪。"你这个样子是谁死了,你老子还在这,你哭什么?"父亲不以为意,坐下去继续理被安然拂乱的牌,还打算继续。

却听见安然哑着嗓子:"爸,妈出事了,现在在医院里……"

一旁的牌友见此情形也劝阻道:"老安,你老婆出事了,快去看看吧,等有空了再打。"

父亲一脸不满,哼了一声:"她林娇能出什么大事,耽误老子打牌,来来来,继续。"

安然哭得泣不成声,她伸手去拉父亲的胳膊:"爸,妈真的出事了,你快去看看吧,医生说妈以后要瘫痪了。"

听到这句话,父亲手上的动作才僵住,牌友也纷纷劝父亲赶快去看看。父亲这才收了桌上的钱,有一点慌乱地跟着安然出门。

哎!
又是谁叹了一口气。

第十章 山间茶花 105

第十一章　洛青

　　我知道你是降落在这个世界上的天使，你像这个世界上所有的阳光一样，是为我而来。

1. 洛青

　　第二天午饭时间，洛青刚走到教室楼下，就看见江辰急匆匆地从自己的面前跑过去了，不是往食堂的方向跑，而是往水塔的方向跑。

　　"奇怪！"他在心里嘀咕，等他吃完饭，去洗餐盒的时候，他看见那个叫叶诗然的女生也在水槽旁，她的嘴巴快速开合。他蹙了一下眉，拧开水龙头，随着水流一起落下来的还有叶诗然嘴里的"安然"的名字，还没听完他就一把拽住叶诗然的胳膊："你说的都是真的？"

　　叶诗然抬头，看见洛青一脸担忧的样子，她有点搞不清是什么状况，发蒙点了一下头："是……是真的。"好像为了加强可信度，而后她又快速补充："是我爸昨晚和安然的爸爸一块儿打牌，亲耳听到的。"

　　洛青的脸色一下就变了，餐盒也未洗，就赶紧往教室跑。

　　叶诗然在背后看着洛青跑走的背影，眼里的八卦气息弥漫起来，她对旁边的女生说了一句："看来还有更劲爆的好戏。"

他跑回教室收好东西以后，又火急火燎往班主任办公室跑，班主任一听他要请假，又看到他苍白的脸色，一下就准了假。

医院的电梯总是人满为患，他站在人群后面等着电梯，看着眼前那些患者家属的姿态，一个个好像被什么压垮了腰，没有一个人的身姿能够站得挺拔。

电梯下来了，里面的人还没出，人群就开始往电梯里钻。在最后他打算抬脚上电梯的时候，刚好看见安然从电梯里挤出来，她的眼睛已经哭得红肿了。

看着安然就要从自己的面前走过，他突然大声说了一句："嗨，好巧啊！"他说完就感受到了从电梯快要关上的门缝里传来的诧异眼光，因为没有人会在医院这种场合说出这么不合时宜的话。

安然本来并没有看见他，听见他的声音就抬起头来："你怎么在这里？"

他看见安然抬头有点欣喜，连忙说自己有点感冒了，是来挂水的。安然"哦哦"了两声，然后又说："你要上去吗？"

他赶忙说自己不上去，然后又假装不经意问安然怎么会在这儿。

在安然苦涩笑着说出"家里人生病了"时，苍凉感像是从地上生了根，简单的几个字就概括了所有的委屈、痛苦、害怕和难过。

他顿时不知道该怎么接话，安然的肚子却在这时"咕咕"叫起来。随后便听见安然说："我正打算去吃午饭，你吃过了吗？"

他摇了摇头。

"那一起吧，你帮了我那么多次，我该请你吃饭！"

第十一章　洛青

市立医院门前有很多小餐馆,他们在犹豫了几番以后,才选了一家面馆。等餐期间,安然似乎很累了,她趴在桌子上,只是嘴唇动了几下,便听见她说:"你叫什么名字啊?你上次救了我,我还不知道你的名字呢。"

"洛青。"他说。

"什么洛什么青?"

"你把手伸过来。"他微笑着,安然依然趴在桌子上,把手伸向他,他在安然的手心写下自己名字。

在他写完以后,安然看着自己空无的手心,痒痒的触觉还没有消失,她说:"你的名字很适合你!"然后她沉默下去,过了一会儿,她又问:"你怎么不问我叫什么?"

洛青看着安然趴在桌子上眼神没有焦点的脸:"我知道你的名字。"

安然却在这时突然爬起身,看了他几秒钟后,一副难过又恍然大悟的样子:"你也知道那些事!"

"我……"他张开嘴,在那句"我其实早就知道你的名字,并不是因为那些事"就要脱口而出的时候,安然看见他一脸为难的样子,以为他是默认了。

随即安然开口:"果然是这样!"

然后安然接过服务生端过来的面,从调料架上拿下辣椒:"不过没有关系。那些人就是想看我的笑话,我不会让她们得逞的!"她使劲往碗里倒辣椒。

洛青看着那半罐辣椒都要被安然倒进碗里,他伸手制止说:"吃这么多辣椒会难受的!"

安然却说:"没事,我以前吃过比这更辣的!"然后她用筷子把辣椒跟碗里的面拌开来,最后她夹了一筷子被拌得通红的面,大口地吃起来。

吃到一半的时候她突然说:"小时候有一次我得了感冒,我妈给我下了一碗巨辣无比的面条,非逼着我吃下去,吃完以后还给我裹上羽绒服,把我闷在被子里不让我出来透气。那时候我还以为我妈是故意想把我闷死,最后我妈掀开被子,看着满头大汗的我,说'只要捂出了汗,病就好了'。不过也真的奇怪,我的病后来就真的好了。"安然说完声音已经哽咽了,但还是忍着眼眶里的泪不让它流下来。

他连忙给安然递纸巾,但安然摆了摆手,说:"这个辣椒还蛮辣的,辣得我眼泪都出来了。"

等付完账出来,他们正打算过马路。安然把手伸进口袋里,裹了裹身上的衣服,她又问了一句:"洛青,你说上天对人到底是不是公平的,还是真的有上辈子,因为做了许多的错事,才注定今生要受苦楚弥补上辈子犯下的过错?"

他转过头来想看安然的脸,但是只能看见安然从头发里露出来的苍白头皮,他又转回了头,看着自己的脚尖,说:"我不知道。"

2. 安然

看着洛青上了公交,她开始往医院里面走。脑子里想起昨天晚上她把父亲从麻将馆拽回来以后,父亲看着躺在观察病房里还戴着氧气罩的母亲,眼泪一下就流出来。

从小到大这是她第一次看见父亲哭得这么伤心,其实她心里都清楚,父亲的心里还是爱着母亲的,只是生活的折磨,把他们弄成如今这样。

以前父母一吵架就诅咒对方去死，父亲也从来都不喊母亲老婆，都是喊林娇林娇。现在他口中的林娇就躺在他身后的病房里，他却仿佛被人抽了筋一样，整个人只是一堆破絮罢了。

她过去扶父亲，把他扶到椅子上。她在旁边安慰道："爸，妈会好起来的！"但这个时候父亲却突然揩了一把眼泪："她林娇怎么不干脆死了，要这样来拖累我！"

她知道这是伤心之余说的气话，有些人不知道如何表达爱，就以一种伤害的方式来呈现。

凌晨两点钟的时候，母亲终于从观察病房转出来，但是医生还是叮嘱"家属还是最好不要触碰病人"。所以安然只敢默默地坐在母亲身旁，看着那被纱布包裹着已经看不到脸，只能看见母亲的两只眼睛，安然心痛难忍。这时口袋里的电话却突然振动起来，她掏出手机，赶紧起身走出病房。

电话刚接通，那头就传来一句："你没事吧？"语气很是慌张。

安然听了沉默了一下，才说："没事，这么晚你怎么会打电话过来？"

她说完这句，电话那头的人却没了声音，只听到他轻微的呼吸声，半天，才听见他说："安然，我刚刚做了一个梦，梦里梦见你掉进江里了，让我救你，所以我吓醒了。你真的没事吧？怎么这么晚还没睡？"

安然本来已经停了的眼泪，一下又涌上来，她轻轻开口："江辰！"

"嗯？"电话里是江辰充满温度的声音。

她似乎都能想到江辰在黑暗里略微把头歪向手机那边，想要努力倾听清楚她接下来想要说什么的样子。

她伸手抹了一把脸上流下来的眼泪，尽量带了笑意说："我真的没事，我就是数学题弄不懂，所以就弄到这么晚！我要睡了，你也快睡吧，不用担心我！"然后她迅速挂了电话，因为如果真的再多一秒，她估计就会情绪崩溃，把一切都跟江辰说了。

但是她不想让任何人看见她的软弱。

在她走出电梯要回病房的时候，她突然看见父亲和主治医生不知道在说什么。本来她以为父亲只是在跟主治医生询问母亲的病情，所以她走过去刚要开口叫"爸"，却听见父亲正在和主治医师谈治疗费用的事。

主治医生说几十万肯定是要的，病人伤得这么严重，后期还要做康复治疗。

在医院靠日光灯撑起来的光明里，安然明显看见在父亲在听到治疗费用需要几十万时脸上的表情一下就灰败下来，就像天一下就黑了一样。

几十万，对有钱的人来说，也许只是一杯温开水一样，洒了也不会有什么感觉。而对于安然家来说，就仿佛是一座大山突然横亘在眼前，阻断了一切去路。

这么多年，从父亲赌博开始，家里就一贫如洗，别说几十万，就算是拿出几万来都很难。

很多时候很多人都鄙夷穷人在乎钱，什么事都要跟钱挂钩在一起，那是因为他们根本没有体会过没有钱时带来的那种绝望感。

就像此刻，病房里有个人等着要救，但是只能张开嘴，却什么都说不出来，也不敢抬起准备向前迈出的腿，只能转身然后没命地逃跑，自以为能跑过头顶上如夏日荫蔽下来巨大树荫一般的悲哀。

3. 江辰

已经是下午的最后一节课了。

江辰还是会时不时地回头看一眼后面那个单独的位置。那里空荡荡的，好像从来都没有人坐在那儿一样。

他记得昨天晚上他给安然打电话，安然说她没事的，那今天为什么没来？而且上午自己在小树林也给安然打了好几个电话，也一个都没人接。

突然，英语老师在讲台上喊他的名字，让他起来回答一下刚刚讲的那道题该选哪个答案。他看着自己的试卷，完全不知道老师讲到了哪里。

班上的同学全都静止无声地在等他的答案，在他半天也没有说一个字的时候，班上的同学纷纷抬起头来看着他，讲台上的老师也用疑惑的眼神注视着他。

这时坐在他前排的莫莳，却歪着身子转过头来，指着自己试卷上的第十题，他依然没有吭声。

老师说："即使是成绩好的同学，也要注意听讲啊！你先坐下吧！"

他坐下来的时候，看见莫莳脸色很不好地扭回头去。

放学的铃声像是救命的稻草，老师前脚才踏出教室，学生后脚就像开闸的洪水，一下就涌出去了。

江辰却坐在座位上，从书包里掏出手机一遍一遍地检查手机未接电话和QQ，想看看有没有安然打过来的电话或者发过来的消息。QQ对话框里除了自己发过去的消息，没有任何回复，而通话记录里也没有一个来自安然的未接电话。倒是自己的母亲给自己发了一条消息,让他放学早点回来,今天晚上他爸要带他们出去吃饭看电影。

他顺手回了一句"知道了!"就走出教室打算去停车场拿车,但走到半路上却发现自己的钥匙好像忘记拿了。

他又特地跑回来拿,走到楼道还未上楼的时候,听见有女生在楼梯上笑闹着好像在说什么有意思的事。

"听说她妈真的摔成残废了呢!"

"真的啊?"

"当然是真的,二班的叶诗然说她亲眼看见的。这真是报应,听说她坏得很呢,不止拿水泼她们班的校花,还趁放学的时候把校花的书扔到水池里去呢!而且除了这些,听说她还喜欢江辰,使用了各种手段来勾引……"

两个女生说着从楼梯上走下来,还没说完便看见站在楼梯口的江辰,一下吓得噤声,然后像见了鬼一样慌张地挨着墙壁从楼梯上跑下去。

他拿了钥匙,骑着单车像是脚下踩了风火轮一样冲出校门,却在骑出一段后,车速慢慢降下来,最后他捏住刹车,单脚撑地,望着路面上无数道路的分支:"安然在哪个医院呢?"

这时候他的手机却响了,他接起来,听见母亲在电话那头说:"江辰,你回来没有啊,我和你爸都在家等你!"

他再往路面上看了一眼,才说:"回来了,正在路上!"

第十二章 做自己

　　有谁能够想到自己会在某一个时刻，会在这个世界上遇到另外一个自己。

　　她长着你的样貌，有着你的情绪，从你的身体里渐渐破土而出。

1. 冉赤若

　　太阳在运动到一定的角度的时候，就能带来地球上四季的变化。而地球上四季的更替，又能带来气候的差异。世界上每件事情的改变，也都是我们事先就埋好了伏笔。

　　冉赤若这几天在学校里看见江辰，他的情绪都很低落。即使看见她来烦他，他也不声不响，好像当她不存在。

　　这让她觉得她明明朝着山谷大喊了一声，但是却没有听到任何回声一样气闷。所以今天早上她在看见江辰的时候，也不管教室里是不是有人，就直接把江辰堵在他教室门口，然后昂起头问："你最近英语比赛准备得怎么样了？"

　　江辰停住脚步，看着她的脸，嘴里轻轻发音，示意她让开。

　　冉赤若还是堵在门口，没有半分要让的意思。只听见她又说："明天我也要参加比赛，你可不要输给我，在选拔赛就被淘汰了!"那语气大有挑衅的意味。

江辰听到她说要去参加比赛,没有表情的脸上才起了一些涟漪,然后眼睛里敛起一股不相信的眼神从上向下打量着她。

"怎么样,不相信啊?"看着江辰恢复那种往日对待她的刻薄模样,她突然笑起来。

江辰说:"没有!"

冉赤若却突然站直身体,说:"你就是不相信,我肯定赢给你看,挫挫你这学霸的锐气,免得你老在我面前这么嚣张!"

江辰没有说话,就从她身边直接绕过去了。在她带着笑意转身的时候,正好看见门口的叶诗然,叶诗然只是看了她一眼,也从她身边绕过去,进到教室里面去了。

2. 江辰

江辰进了教室,仍然转头往教室后面望了一眼,依旧是空荡荡的。

安然多久没来学校了呢,是三天,还是已经有一个星期了?他感觉好像已经过去了一个世纪那么漫长。

上次在电影院里的时候,安然给他发送 QQ 消息的振动异常响亮,母亲坐在他旁边用一脸狐疑的表情看着他:"谁啊?"他没来得及看,就按了关机键,说"没什么,是班上的同学发来的群消息",母亲才打消了疑虑。

等到看完电影回家,他一开机就看见安然给他发的消息,大致内容就是自己家里有人生病了,因为在病房里陪护,害怕吵到家人,把手机开了静音,对错过他的电话和消息感到抱歉。还说她没有什么事情,让他不要担心。

他看完以后，在手机上飞快地键入"如果你难过的话可以给我打电话"，却在要按发送的时候，"啪啪啪"全删掉了，变成了"嗯，那你保重"！

就算这个世界的悲伤会像暴雨一样倾盆而至，但是生活依然不会停止。

星期三英语选拔赛如期在学校音乐厅里举行。比赛的时候江辰早早就来了，他的目光在音乐厅里扫了一圈，连冉赤若半个影子都没有看到，却在自己的后排看到了洛青，他礼貌性地打了一个招呼以后就扭回头来，心里却在想："冉赤若这个骗子！"

但在比赛时间都快要过去半个小时的时候，冉赤若却急匆匆地跑了进来。她直接就朝着监考的年轻男老师说："老师不好意思，刚刚拉肚子了！"

她说完以后，本来在场上认真考试的学生都哄堂大笑起来，而男老师也在冉赤若直白的话语里憋了一个红脸，但是还是压了压考场上的气氛："安静！"

冉赤若根本不在乎这些，她在笑声中拿着考卷直接往江辰这边的空座走来。冉赤若走向他的时候，向他扬了扬手中的试卷，还挑了一下眉。

江辰看着冉赤若这个样子，有些无奈，他用眼神示意她还是赶快做吧，毕竟时间已经过半了。

考试结束的时候，江辰正在收拾东西，冉赤若却一把凑过来："怎么样？难不难？"

江辰拿起书包："一般难度吧。"

"果然是学霸，那我等你一起去参加全国竞赛吧！"冉赤若笑嘻嘻的，一副胸有成竹的样子。

江辰突然说了一句："你不会是作弊吧。"

冉赤若喝了一口水全喷在前座正在收拾东西的男生身上,男生不悦地转回来头,正要发作,冉赤若却挑着眉一副"你要怎样"的样子。男生认出是她,吓得赶紧见了鬼一样跑了。

然后冉赤若转过头跟他说:"You think the worst of me."(你把我想得也太不堪了。)她说的是英文,语音纯正。江辰听见以后也稍微诧异了一下,他开始往外走,说:"你一直一副吊儿郎当的样子,让我很难把你往好处想。"

冉赤若赶紧跟上去说:"我也可以做好学生的。"

江辰却又说:"你还是做你喜欢的样子吧,千万不要因为别人改变自己。"

冉赤若从后面踢了江辰一脚:"江辰你有病啊,一会儿说我不像好学生,一会儿又要我做自己。"

江辰却在这时停了下来,盯着她的眼睛突然郑重其事地说:"我有时候挺羡慕你这个样子!"说完他又抬脚向前走。

冉赤若站在后面喊:"羡慕我什么样子,是羡慕我长得好看,大长腿吗?"

江辰无奈地摇了摇头,脚上却没有停下来,冉赤若看着江辰走远,赶忙追上去,还是一直问:"你到底羡慕我什么?"

3. 洛青

以前洛青最不愿用"白驹过隙"这样的词来形容时间流逝,因为他觉得太过于普通而烂俗化,但是当时间真真切切地流失的时候,他又想不起别的词汇来,只能黯然承认是自己词穷。

英语选拔赛的结果已经出来了,他看着公告栏里他的照片和江辰的并排贴在一起,他觉得自己也没有比江辰逊色多少。而在他的照片旁边还贴着一个叫"冉赤若"的女生的照片，同他们一样，也是这次选拔赛的优胜者。

他转身，看着已经空旷了的学校，和同样空旷的天空，脑子又闪过那个熟悉的脸。

安然最近都没有来学校，有时候他会故意绕到安然教室那里去，看看安然是否有来上课，但是只能看见安然的书乱七八糟地倒在桌子上，上面蒙了一层很厚的尘。

她最近怎么样呢？想着想着，他的脚步不禁快了起来，市立医院离学校也不远。

在他快要走出校门的时候，校门口突然传来一声清脆的口哨声，他眯着眼睛看着从阳光下走过来的女生。

是刚刚公告栏里贴在他旁边的女生——冉赤若。

冉赤若站在洛青的面前，她的眼神像是草原上横冲直撞的鹿，直接撞向他的脸，而她的语气也像是冲开窗的大风："有没有空聊点事情！"没有带请求，也没带邀请，就直接刮向他。

洛青就站在那里，没有说话，他饶有兴趣地看着冉赤若。而冉赤若也看着他，夕阳把他们的影子交错拉在一起。因为顺着光，洛青浑身浸在一片柔和的光线下，冉赤若觉得这样的男生就算不说话只是沉默着也会给人温暖的感觉。

冉赤若最终忍不住打破了沉默："是关于安然的事情，现在请问学长有时间吗？"

这个时候的洛青，身上还是洋溢着暖意，只听他缓缓开口："有。"

他们找了一处无人的空地，上面都是房屋被推倒后的废墟。冉赤若站在一块没有被推倒的围墙上，居高临下地看着他。而他抬头望着那快要灰暗下来的天空，冬天都已经来了，天黑好像是一眨眼的事情。

冉赤若看他仰着头,她也抬起头来循着他的目光望去。虽然还没有完全入冬,但天气已经可以用冷来形容了,特别是在日落以后,所有的温度好像一下就丧失了。冉赤若却还只穿着一件红色的裙子,而裙子里包裹的是一具年轻漂亮的躯体。

她那样站着,像是盛开在废墟里一朵红硕花朵,很美丽很悲伤。

洛青开口问:"你找我什么事?"语气是温和的。

这一问让冉赤若从围墙跳了下来,保持与洛青的目光在同一水平线上。只听她开口:"你喜欢安然是不是?"

洛青盯着眼前像花朵一样明艳的女生,眼里兴起一些波澜:"你怎么知道?"

"哈,你果然也喜欢她。"她没有答,反而像是印证了一个答案一样异常兴奋,看来叶诗然说得果然没有错。

"你喜欢江辰?"她的话音刚落,洛青就已经开口。

"是的,我喜欢他。"直截了当地回答,像是从口袋里掏出一把豆子撒在地上立马生出了根。

周围好像一直很安静,灯火从四处渐次亮起。他站在原处看着冉赤若被风吹动的裙摆,还有她亮晶晶的眼睛。

突然,好像是风里飘来的一句:"所以我想跟你做个交易。"

"什么交易?"风里同样又飘来一句。

4. 安然

医院里。

安然的母亲已经恢复了意识,但还需要氧气机维持呼吸,也没有办法说话。

母亲的脸上到处都是深浅不一的伤口,每一道都因为结痂而显得恐怖狰狞。安然拿毛巾轻轻帮母亲擦拭着,但是每擦一下,她就感觉好像有人用锯子在她心脏上拉扯一下,最后她痛得已经不能自支。

母亲以前也是爱漂亮的女人。她小时候母亲也爱穿裙子,爱穿高跟凉鞋和涂指甲油。那时候她总是一边舔冰棍,一边用手去抓母亲摆动的裙摆。她想以后长大了她也要像母亲一样美。但后来突然有一天母亲就不美了,她跟所有刻薄的女人一样,穿得邋遢俗气。

安然在擦拭完以后,准备去倒水,却在转身的时候被母亲拽住了袖子。安然赶紧俯下身来倾听:"怎么了,妈。你说,我在这儿。"

母亲说话的声音很微弱,安然依稀听清母亲说的是:"你爸呢?"

安然立马说:"妈,别担心,爸没有去赌钱,他在菜市场呢!你这只是摔了一跤,医生说很快就会好的。"

听安然说完,母亲肿胀的眼泡里流出一滴泪。安然赶紧找纸去擦,说:"妈,哭什么呢,伤口不能沾水。咱不能哭啊,一哭就不好看了。"语气像是小时候母亲哄哭泣的她一样。

虽然安慰着母亲不要哭,但是她在抬手给母亲擦眼泪的时候自己的眼里却泛出了泪花,然后她赶忙把头扭过去,说:"妈,我下去给你接杯水,马上就回来。"

说完她就拿起水杯走出病房,在关上门的那一刻,她靠在房门上无声地哭泣起来,走廊里过往的人群好像对这样的场面司空见惯,所以都没有太多人注意到她在哭泣。

很过了一会儿，她才重新拿起水杯，去医院一楼水箱那里接热水。接完热水，她打算回去的时候，却在缴费窗口看见了父亲。

父亲手上拿着一沓人民币，踮着脚从那并不算高的窗口伸进去，中间一不小心有一张纸币从手中掉了下来，父亲立马弯腰去捡。

但后面排队的人已经等得不耐烦了，开始抱怨起来：

"缴费怎么还弄得这么慢？"

"要是钱不够，就不要到缴费处这里来，直接去办理出院算了。"

……

父亲没有发脾气，却在捡起那张纸币后转过头来连连赔笑道歉。

安然在一旁看着，从来没有哪一刻觉得父亲如此刻一般如此老态毕现。他像是一个已经被社会淘汰的人一样，站在新的时代里手足无措。

等到父亲从缴费窗口出来，安然拿着水杯站在原处，喊了一声："爸。"

父亲转头看向她，等她到面前，才问："你妈怎么样了？"

"妈已经有意识了，刚刚还问你呢！"

父亲没有说话，只是低着头在等电梯，安然也安静地站在他身边。

那些被吞咽在咽喉里的会是一些什么话呢？是久违了的甜蜜情话，还是假装漠不关心的诅咒？

第十三章　你听不见

有些声响，哪怕震得这个世界都要聋，而你依然听不见。

1. 冉赤若

自从英语选拔赛结束以后，江辰每次走出教室门的时候就能看见冉赤若早早等在走廊上，然后他们会一起并肩走下楼梯，穿过操场，偶尔还会停下来抬头望一眼总是空旷寂寥的天空，那些从西伯利亚刮过来的冷风会吹动江辰的头发、冉赤若的裙摆。冉赤若还是穿裙子，江辰有时看向她的裙摆的时候，总觉得四季在她这里停滞住了。

在天空里最后一片云也飘散的时候，江辰会开口说："走吧！"然后他们就会一起走进图书馆。

在那里有学校专门安排的英语补习老师在等待他们，等他们落座的时候，旁边还有一个完全陌生的面孔。因为就在参赛人员确定的第二天，洛青就以身体不舒服为由退出了这次比赛，学校就从上次参加选拔赛的人员里又挑选了一位补位上来。

图书馆里的灯光明亮，戴着眼镜的女老师在临时组建的黑板上不断写画着，冉赤若懒懒地瘫在椅子上，眼睛不时看着天花板，不时又盯着江辰的侧脸，就是从来都没有看过补习老师。上面的老师脸色也在忍到极点以后，最后完全垮塌下来。她叫出冉赤若的名字，让冉赤若就自己刚刚讲的主题进行阐述，只见冉赤若像个痞子一样松松垮垮地站起来，然后用英文开始流利地阐述。

这样的场景在每天下午放学后上演，而冉赤若根本不当一回事，她坐下来继续瘫在椅子上，看着认真在做笔记的江辰，突然她把自己的椅子直接挪到江辰旁边去，然后她抢过江辰的笔记本，拿起自己的笔在上面漫不经心地画起来，江辰伸手打算夺回自己的笔记本，冉赤若却按着不放："我还没写好！"

江辰有些无奈，他又做不到像冉赤若这么无赖，所以他看着冉赤若的侧脸，开口说："没想到你英语口语还真挺好的。"

冉赤若还是在画着，依旧漫不经心："你不要太佩服我，这是一种天赋。我小时候在电视机里听一遍那些英文歌曲就能记住，后来上学学英语，那些书本上的英文单词我也能过目不忘。"然后她把眼神转向江辰的脸，"好了！"

江辰把目光从冉赤若的侧脸转向自己的笔记本，他的眉头立即蹙了起来，只见他的笔记本封皮上被冉赤若写上了她的名字和自己的名字，还在中间画了一个爱心。他伸手才拽住笔记本的一角，冉赤若却把整个上半身全趴在上面，她有点哀求地说："你不许画掉！"

最后江辰还是在她的目光里用胶带把她的名字从那上面生生撕扯下来，扯出苍白一片的疮痍。

江辰这个举动让冉赤若安静了好几天，他以为冉赤若会一直这样消停到比赛的时候。但是他还是低估了冉赤若的战斗力，冉赤若虽再不在他的笔记本上乱写乱画，她却在自己的课本上画上两个小人，一个写上江辰的名字，一个写上她自己的名字，这样江辰也管不着，只能蹙着眉看着她。

而之后的时间也就是这样，在冉赤若恶作剧而江辰蹙眉里度过。在学校里，冉赤若偶尔在课间会看见洛青，就高调地冲他吹口哨。有一次她和洛青正好在楼梯上打了照面，她脸上的笑容立马像盛开的花一样："学长做得很好嘛！算不算答应我的交易了。"

洛青却像根本不认识他一样，就从她身边擦身而过。她看着洛青冷漠的背影没有觉得难过，脸上的笑容反而盛开得更大，跟聪明人合作果然轻松很多！

在冬天第一个冷锋降临的时候，全国竞赛也就开始了。因为冷锋的关系，温度骤降十几摄氏度。

在出发去比赛的那天早上，带队的老师和江辰他们都在学校门口等待迟来的冉赤若。

那天早上的大风好像眯了所有人的眼睛，当冉赤若出现在他们面前的时候，除了江辰每个人都揉着自己眼睛，去确认眼前这个把头发染回黑色，规矩穿着校服的女生还是不是冉赤若。

江辰只是盯着冉赤若扎起马尾后少女光洁的额头，他的眼神被风吹得很飘忽，冉赤若看不出江辰的悲喜，但至少没有厌恶。

原来你是喜欢这样的女生吗？如果是，我也可以做一个这样的女生。

全国竞赛就不像在学校里那样的小打小闹了，而在学校里一直吊儿郎当的冉赤若到了赛场上也好像变成了一匹狼。他们代表乔木高中一路过关斩将，很多在全国都叫得上名号的优秀高中都在他们面前败下阵来，最后只留下五所高中一决高下。

之后无论是在团队还是个人比赛上他们都以绝对优势碾压别

的高中，后来他们就在带队老师的热泪盈眶中上台领奖，他们捧着奖杯的那一刻主持人要求他们每个人说一句获奖感言。

在另一个男生发完言，江辰接过话筒谢过老师家人以后，他顿了一下，又开口："其实我来参加这次比赛还想对一个人说对不起。比赛最困难的时候一直是你的坚强在鼓舞着我，而我却因为懦弱曾给你带来了很多伤害。如果当初我能够勇敢一点，你就不用扛下所有的责难。你一直那么坚强，但我却一直在退缩，真的对不起。"

她在一旁看着江辰的嘴巴一张一合，周围的世界没有任何声响，只有摄影机慢慢地推进，最后在江辰把话筒递给她时镜头迅速捕捉到她脸上的泪水。

她已经记不起那场颁奖典礼最后是怎么结束的，她只记得在她握着话筒的那一刻，她的哭声被放大传遍整个大厅，台下却掌声雷动起来，他们都以为她是因为获奖太过于高兴才会哭成那样。

就连江辰也鼓着掌，在一旁微笑着看着她。

在总决赛的前一夜，她和江辰趴在酒店房间的窗子上，她听见江辰说："这次比赛我们一定要赢。"

她虽然当时嘲笑他把输赢看得太重，自己却在比赛的时候比任何人都拼命，因为她只想看到江辰在握着奖杯时高兴的笑容，而不是像现在这样，他微笑地看着自己，心里想着的是另一个女生，他来参加比赛的目的也都是为了她。

但是江辰，在你说那些话的时候，你是否听到我心碎的声音。

如果你听不见，那我就要你听见。

第十三章 你听不见

2. 洛青 & 安然

　　医院住院部的大楼很高,安然站在十九楼,俯瞰着低伏在下面的彭泽。彭泽是一座守旧的城市,这里房屋大都没有树木高,他们安然地躲藏在树木之下,好像还没有做好准备迎接这猝不及防的冬天。

　　医院底下的梧桐树,前几天看见的时候,上面还挂着几片树叶,今天再看,已经光秃秃的什么也没有。

　　看来寒冬真的已经到来了呢,今年冬天应该会格外冷吧?

　　此时洛青正在走廊的尽头望着站在窗子前的安然,窗子里光线太过强烈,把安然的轮廓剪影投射出一圈毛茸茸的光晕。他的脑子里却不觉想起另一个女生,和她的声音。

　　那个女生把脸伸向他,跟他说:"所以我想跟你做一个交易。"这句话像是藤蔓一样一直缠绕着他。

　　那天晚上冉赤若跟他说的交易就是她会想办法去追江辰,然后把江辰带离安然身边,而对应的是他需要去追安然。

　　他问冉赤若:"我为什么要答应你?"冉赤若却笑着对他说:"因为你喜欢她,不想她被别人抢走!"顿时他的喉咙像是被人掐住了。那一刻,他觉得这个女生的笑容就像是一团危险的火焰,靠近的话就必然会灼伤自己。

　　他虽没答应冉赤若,自己的一只脚却已经跨上了她的船,不然自己也不会听从她的建议退出比赛。

　　安然转过身,看到在走廊尽头发呆的洛青,她向他走过来,然后轻轻拍了洛青的肩。

　　洛青一下惊醒过来,抬头便听见安然问:"你怎么了?今天还来挂水吗?"

"哦,是呀!不知怎么回事,这次感冒总是反复。"在反应过来以后,笑容涌上他的脸颊,然后他又问,"阿姨现在怎么样了?"

"医生说恢复得还可以,脸上也消肿了,但是还是不能拆纱布!"安然表面上说得轻松,但他知道这一切远没有她表现出来的那么轻松。

上次来的时候,他还看见她一个人躲在楼梯间哭泣,他赶紧把话题转到一些愉快的事情上,安然听着脸上不时露出笑容。

在太阳敛掉它的最后一丝光线,走廊里的日光灯管把人的脸照得发白的时候,他才在心里鼓起一点勇气问安然:"你有看那个英语竞赛吗?"

"哪个英语竞赛?"

看着安然疑惑的脸,他沉默了一下,立即脸上又堆起笑容:"没什么,就是我们学校也派人去参加的那个,我以为你看过,所以问问。"

"我还以为是什么重要的比赛呢!"安然提起的一口气放了下来,立马就听到走廊有护士在喊:"谁是十九床病人的家属?"

安然赶紧跑过去,还未开口说"是我",护士就抬眼看了她一眼:"没事瞎跑什么,病人在找你。"然后扭着身子就走开了。

洛青看出安然的尴尬,在护士走后就立即开口:"你去陪阿姨吧,我也要回去了。"在转身的时候做了一个手势示意安然赶紧进去。

安然一进病房,就听到母亲骂骂咧咧的声音:"在这都住这么久了,我要回去!"

她赶紧跑到母亲身边阻止母亲拔针管的动作:"妈,医生说你身体还没好呢,不能回去。"

母亲怒睁着眼睛,脸上未掉痂的伤疤让母亲看起来像是一个被人摔碎了的瓷器,最后拿泥巴拼凑在一起一样:"我就是要回去,这一天医药费吓死人了。我宁愿回家躺,也不要在这躺着。"母亲再度叫嚷起来。

而在外面值班的医生似乎听到里面的动静,刚好推门进来:"您以为您这是轻微摔伤啊,回家躺着还有命吗?还有您的腰椎如果后期不做康复治疗,到时候肌肉坏死了,可是要截肢的!"

母亲一时激动起来:"我这不就是骨折了吗,说得那么严重!哼,你们这些医院我还不知道,人只要进来,不花个万把块就不放人出去!"

医生一听无奈地摇了摇头:"您这不是普通的骨折,您的腰椎已经全部摔坏了!"

母亲说那是什么意思?

医生走后,病房里好像一下就寂静下来,静得都能听见点滴在管子里流动的声音。母亲仰躺在病床上质问安然:"这是真的吗?"

安然含着泪点点头:"妈,以后我会一辈子伺候你的。"

然后床上丢下来一声:"谁要你伺候我!"就再没有了声音。

3. 江辰 & 安然

参加完比赛回来,江辰很长的一段时间都很恍惚,恍惚间似乎看见安然就站在那个红绿灯下跟他说"你想去滑旱冰吗"。

就算是现在,他望着跑道上那些跑动着的黑白色人影,他也总感觉安然就在他们中间。

在他走上跑道的时候，莫苒特意选了他旁边的那一条跑道。哨音一起，他们便如离弦的箭一样跑出去，他的脑子里灌的却全是在起跑前，莫苒说的那句："江辰，你最近有见过安然吗？"

他知道安然一直在市立医院照顾自己的母亲，每天放学过了那个漫长的红绿灯，往左拐一点，就能望见市立医院的招牌，他每次都只是远远地望着那块招牌驻足一会儿就离开。

这么久了，他还真的不知道安然怎么样了。

心绪重起来以后，脚下的步伐也逐渐重起来，不过好在今天只是测四百米，他跑完没多久下课铃就响了。

按照惯例，每次体育课后男生要负责收体育器材，他正在仓库里整理起跑器，莫苒却抱着一个起跑器也出现在仓库里，在把起跑器放下后，她迟迟未离开。

江辰看着她："你是不是有什么事？"

"江辰，你没有听说最近在学校的传闻吗？"看到江辰问自己，莫苒的眼睛里的光立马聚集在一起。

"什么传闻？"像是有人从暗处突然扔出一块石头，不偏不倚正好砸在他身上。

他的话音才落，莫苒就从口袋里掏出了手机，他只看了一眼，脸色瞬间苍白，眼神也锋利起来："这张照片是哪里来的？"

莫苒一脸无辜地收起手机："不知道啊，学校里现在都在传这张照片。真没想到，安然为了钱居然会做这种事。"说完莫苒还刻意叹了一口气。

莫苒走后，江辰面无表情地整理着那些早已经摆放整齐的起跑器，在反复挪动中，一只起跑器"砰"地落在地上。

一路上风有点割脸，在进入住院部大楼时他便看见安然在走廊里低着头站在一位护士面前。他走上前的时候，安然突然抬起头:"不是已经缴过了吗?"

"缴费记录显示你们只缴了昨天的,今天的药费还没缴呢。"护士翻了一下手上的夹子。

安然已经注意到他,然后她飞快地跟护士说了一句"知道了,我会通知我爸来缴费"就朝他走过来:"你怎么在这里?"

但她走路的姿势很怪异,每走一步,脸上就会露出痛苦的表情。

"我来找你。"说完他的眼神落到安然裤子上的血迹和脏污上,"你的腿怎么了?"

"没什么,轻微擦伤。"安然也低头看向自己的膝盖,总不能告诉江辰这是刚刚急着给自己母亲送饭追公交摔的吧,然后她抬起头,"你来找我有什么事吗?"

"你妈是不是摔得很严重啊……"

安然的眼神凝固住:"你来就是为了问这个?"

"你妈的情况真的很严重吗?不然刚才护士……"他刚刚上来听见护士说的第一句话是"你妈那个情况,要是因为拖欠医药费停药的话后面的情况只会越来越糟"。

安然盯着江辰的脸:"你到底想说什么?"

"没什么。"江辰看着安然已经有点发红的眼眶,摇了摇头。

安然知道自己不在学校的这些日子,莫苒她们肯定想尽了办法在江辰面前中伤自己,不然江辰不可能会专门跑到医院里来,还一副欲言又止的样子。

"安然,我……"

"你不用说了,回去吧,我还要去看我妈。"为了避免听到那些难听的话,说完她直接转身,才走两步,膝盖上的伤就疼得她龇牙咧嘴。

于我们的生命里，每一天会路过无数人，但是有一个人，就算是疼痛你也要在他面前装作若无其事，告诉他你不痛，你不在乎，这样你在他的面前才不会显得那么渺小。

　　安然推开病房的门，就看到在病床上熟睡的母亲，医生说母亲只要配合治疗，骨头愈合是迟早的事，而且后面的康复治疗如果做得好的话，再站起来也不是没可能的，但现在……安然在床上坐了一会儿后，从口袋里掏出手机走出病房去，膝盖上的伤口因为频繁走动一下又撕裂开来，疼得她弯下腰。

　　电话那头接起来，父亲不耐烦地喂了一声，然后从里面就听到有人说："欸，二万，碰。老安，你输了，你输了！"

　　安然开口说："爸，你怎么又去打牌？"

　　电话那头只传来一声："老子想打就打，还要你管！"然后电话就被挂断了。

　　看着黑掉的手机屏幕，安然觉得心脏好像被人豁开了一个巨大的口子，有人往里面在不停地扔石子。

　　膝盖上的疼痛算什么呢？难挨的是心上的疼痛。

第十四章　谣言

我们有时候可能只是一个在黑暗里隐藏了很久的影子，带来的都是让人感到绝望的消息。

1. 冉赤若

空旷的操场就像一片干涸了的湖泊，然后陆陆续续被从教学楼里涌出来的学生填满，到最后漾起水波。

各班的学生在找好自己班级位置排成长队以后，音箱里就奏起了国歌，江辰站在旗台上，敬着礼，目视着国旗升上旗杆顶。

这是每周一的升旗仪式，以往每次轮到江辰代表班级升国旗的时候，底下各班的女生都会眯缝起眼来打量这个好看的男生。

但今天，操场上像是不知道被谁扔进去了一颗深水炸弹，不时炸出人声来。害得教导主任在国旗升起来以后在上面握着喇叭开始骂起来，说升国旗这么严肃的场面你们都能不认真，真不知道你们干什么能认真。

被这么一训，操场上顿时一下就寂静下来。空气中还是有人"嘶"了一声，不知道是因为冷，还是因为什么。

冉赤若站在下面，目光穿越密密麻麻的人群，然后准确地向江辰望去。江辰正从旗台上下来，他低着头，嘴唇抿在一起，好像一条在深海里被围困住的鱼。

江辰在走下旗台的时候，不自觉地抬头望了一眼队尾的安然，安然似乎也在看他。然后江辰像是被烫伤了一样，迅疾收回眼神，站到队伍中去。

冉赤若静静看着眼前的这一切，又想起那天在颁奖台上江辰说的那番话，心里好像生了一个疮，暗暗发炎，隐隐作痛。

教导主任依旧在上面说得唾沫横飞。冉赤若口袋里的手机却突然振动起来，她掏出手机，看见消息的发送人是莫苒，嘴角扯出一个不经意的笑容。

她点开消息，回复了一句："做得好！"然后在信息显示发送成功后迅速把短信删除掉。之后她把手机放回口袋里，抬起头望了安然一眼。

3. 安然

别人都说夏天的天气是易变的，但是冬天的天气似乎变得也很快，早上升国旗的时候明明还有那么好的阳光，但才过了一两节课，天就整个阴下来。

这是她从母亲摔倒以后，第一次来学校，但她却觉得学校里的气氛从早上开始就一直很怪异，早会在操场上就有人不时拿眼睛瞟她，现在在教室里，所有人看着她又一副欲言又止的样子，好像随时要喷发的火山口，一直没有喷发一样。

就连莫苒这个平时最不屑搭理她的人，也在早上等她从操场回来后，还特意跑过来打招呼而且还把自己的笔记借给她抄。

在递笔记本的时候莫苒一脸意味深长的笑意："安然你这么久不来学校，肯定落下不少功课，你要是有什么学习上或者其他方面需要帮忙的，只管来找我。你那么可怜，我们一定会帮助你的，班上其他的同学也愿意帮你。"

安然看着莫苒那张美好到无辜的脸，不知道她葫芦里到底在卖什么药，但一定是毒药。

午饭时间，食堂里全都是筷子与餐盒接触的声音，轰隆隆的一大片。

安然坐在靠近过道的一个位置上，默默吃着饭。正在她打算挑掉碗里一块青椒的时候，有两个男生端着饭盒从她身边走过，其中一个男生突然像发现新大陆一样，高兴地跟身旁的男生说："是不是就是她？"

另一个男生也转过头来，看了一眼正在自顾自吃饭的安然："好像是吧，跟照片上长得差不多。"

然后陆续有一些男生走过来，都会特意看安然一眼，那眼里意味深长的笑跟早上莫苒眼里的如出一辙。那种挥之不去口水的黏腻感，又漫上来。

终于，在一个长相文弱的男生走过安然身边正打算转头的时候，安然突然站起来："喂，你们到底在看什么？"

男生被突然叫住，顿时有些心虚："没，没看什么。"

"没看什么那你们为什么看我？"安然尽量让自己的语气保持平静。

男生本来低着头，却突然抬起头，他看着安然睁大的眼睛，很小声："你自己不知道吗？"

安然依然睁大眼睛盯着眼前的男生，最后男生的眼睛在安然脸上转了几圈以后，从口袋里掏出手机，把那张照片翻给安然看。

安然看见那张照片以后，立马就想起那天在医院里，江辰那张欲言又止而又悲痛的脸。怪不得那天她问他到底想说什么,江辰支吾了半天不肯说,原来是想问这个。

男生看着眼前面色已经苍白的安然,拿着饭盒赶紧跑开了。

吃完午饭回教室的路上,莫茜、齐珊、夏桃李她们正好走在前面,她们在一起说说笑笑。但莫茜却突然转头,一脸亲切地说:"安然,要不要一起走啊!"

安然停住脚,没有说话,但只过了一秒钟:"莫茜,你到底要做什么?"安然目光灼灼地盯着莫茜,莫茜那张精致的脸下似乎隐藏了一条正在吐着信子的毒蛇。

莫茜微微一笑:"我做什么了?"

"那张照片是不是你传的?"

这时候齐珊在一旁阴阳怪气地开口:"你的照片不是你自己传的吗?不然怎么揽客啊。"

夏桃李也说:"你要是真那么缺钱,可以跟我们讲啊,我们可以发动班上的同学给你捐款啊,何必去做那种事!"

"哪种事?"安然红了眼,她一只手紧握着拳,一手拿着自己的饭盒。

"我们怎么知道是什么事,这要问你自己啊。"夏桃李说完,嘴角咧出一个幅度刚好的笑。

那笑像是无数在暗夜里飞行的丑陋的吸血蝙蝠,当看到猎物的时候,便低飞下来,狠狠地咬住人的脖子,仿佛要把人的血液吸得一滴不剩才肯罢休。

莫茜看着眼前愤怒的安然,一脸得逞的样子,只听见她说:"走吧,走吧!还有一大堆功课要做呢,别人不愿意跟我们一起走,我们就不要耽误了别人的生意了!"那些话的语气拿捏得刚刚好,没有一丝刻意的感觉,末了,莫茜还转头冲安然得意地笑了一下。

只听"咣当"一声,安然的饭盒直接砸在了莫苒的头上。

莫苒捂着头,转过身来,脸上充满恨意。

4. 洛青 & 江辰

这个世界上好像一直有人拿着一个放大镜,把所人的脸,甚至说话时的表情都放大。

就像那天中午在洛青刚从水池洗完餐盒准备回教室的时候,刚好看见安然把餐盒砸在莫苒头上,然后莫苒转过头来时,精致的面孔好像瞬间皱在一起,像是一朵干枯失去水分的花朵,依然想要肆意伸展自己的花瓣。

在他跑过去的时候,正好拦下莫苒要打过来的那一巴掌。然后莫苒伸出去的手也在看到他旁边的江辰以后就迅速缩了回去。

江辰看都没看莫苒,他只是盯着眼前眼眶发红的安然,安然也在看了江辰一眼后,一声不吭地走过去俯身捡起饭盒,就往教室里走。

江辰看着安然离去的背影没动,洛青也在看了一眼安然的背影以后开口问:"你们为什么打架?"

回答的却是莫苒旁边的齐珊:"我们才没有打架。"

"那你们在做什么?"

"谁知道那个丑八怪发什么神经,班长早上还好心借笔记给她抄,中午还邀她一起走,她居然诬赖是班长传她的照片,还拿饭盒砸班长。"齐珊说话没有标点,噼里啪啦的。

本来一直沉默的江辰,在听到齐珊这句话以后立马变了脸色。他看向站在中间的莫苒。莫苒捂着头,脸上已经换上委屈的表情:"这张照片早就有人在传了,我不知道安然为什么认为是我。"她说的时候看着江辰。

"没准这个照片就是她自己传的呢?她那么缺钱,谁知道她会不会做那种事!"夏桃李适时接茬。

又有人拿起放大镜,这回放大的却是那些藏在话语里的恶意。

谁知道她会不会做那种事?!

江辰在回教室的时候,脑子里一直回响夏桃李这句话。

这句话像鞭子一样抽在他心上,让他想起自己第一次在莫苒那里看到那张照片时都会跑到医院去想问安然这是不是真的,他不能想象其他人会用怎样恶毒的语气对着安然说:"谁知道她会不会做那种事!"

洛青看着江辰和莫苒他们离开后,他掏出手机给通信录里一个新建的联系人发了一条短信。

第十五章　你为什么变成这样的人啊

脚底下是一片沼泽，不用挣扎也会慢慢陷落。
但是谁在顶上呼唤我。

1. 安然

悲伤只要抓住一个缺口，就会疯狂往里灌注。

今天手机已经在口袋里振动好几回了，安然看到是医院打过来，都故意没有接听，她知道又是医院那边打过来催医药费的。

所以放了学，安然就直接往医院赶，在路上的时候安然就给父亲打电话，却一直无人接听。到了医院，也依然不见父亲的踪影。

她刚上楼的时候，护士见她过来，都没有什么好脸色，只是依然翻动着那个夹子，嘴里吐出让安然难堪的话语。安然红着脸说："今天肯定会把医药费补交齐的。"

出了医院，安然径直回家，才爬上阶梯，就看见家里亮着灯。父亲见安然进来也不转头，只是自顾自地坐在桌子旁继续喝着酒。

安然直接走到父亲面前，吸了一口气："爸，妈的医药费呢？"

"医药费，哼！是该我欠你们的吗？"父亲一听这个似乎顿时来了气，把面前那个还装着半碟花生米的盘子，直接向安然砸过来。

盘子没有砸中，心里本来还摇晃的火苗，却在这时一下就熄灭了。

"你不欠我们的。但是你能不能不要喝了。"

"我想喝就喝，还要你来管。"又是一声冷哼。

"好，你喝！我管不着！"

安然说完转身走进房里就开始翻箱倒柜地找东西，最终在柜子的角落里找到那个带着红漆的盒子。她打开，里面有一沓似乎保存了很久的人民币，这是母亲平时攒起来准备救急用的，没想到还真的用上了。安然把它拿出来，悉数揣在口袋里，走出房门去。

眼看着安然就要走出门去，父亲却突然猛地把酒瓶砸在地上，安然看见酒瓶就在自己脚前面碎裂，一片一片，如同她那碎裂的心。

"爸，你要是还有钱就给我。你要是不想管我们，以后我们就不用你管。"安然说的时候已经尽量控制自己不要哭，眼泪还是不争气地流下来。

父亲听到这句话气得发抖，他腾地站起来，伸手就想打安然："平时我供你吃，供你穿，还供你上学，不用我管，我今天还偏要管管你。"

安然站在原地一动不动，不知哪里生出的勇气："爸，你打死我吧！反正妈没有医药费也活不成，你不如打死我，我就不用难过了。"

心里那条沉淀悲伤的河流又流淌出来了，淹没了眼前的一切。

"那我今天就打死你！"父亲怒不可遏地抬起手，安然也在这时闭上眼睛。

巴掌并没有如预料的那样落在脸上，等来的是空气中突然"啪"的一声的炸裂声。然后整个家堕入一片黑暗中，原来是父亲在扬手时打到了顶上的灯泡。

而这一炸，也把父亲炸得一激灵，酒顿时醒过来许多。他像触电了一样收回自己伸在空中的手，但带出的响动却把在黑暗中的安然吓得颤抖了一下。

随后便听见安然带着哭腔的声音："爸，你为什么会变成这样的人啊？你以前不是这样的。"

黑暗会给人带来目盲，却会让人的心更加明朗。

父亲缓缓地挪动脚步，从黑暗中走向沙发，他的脚步在醉酒后变得有些踉跄，最后他走了两步就直接跌向沙发。

"爸，你为什么会变成这样的人啊？"

是啊，他为什么会变成这样的人？

眼睛在适应了黑暗以后，渐渐也能辨物，安然看见父亲仰躺在沙发上，她在反复张了几次嘴后，却什么也没说出，她抹了脸上的眼泪，按紧口袋就冲出家门。

等她回到医院的时候，她在路灯下看见江辰的单车停在医院门口，而江辰就坐在路边，垂着头。

看见她走过来，他站起身，身上沾了路边的尘土，即使这样他还是那样干净优雅，跟她不是一个世界的人。

她从他身边绕过去，江辰却从后面拉住她，叫了一声"安然"，好像是用尽全力叫出来的，所以到最后竟然有些颤抖。

而她也在听到这声以后，停了下来。他赶紧扯过车筐里的背包，从里面掏出一沓纸币，塞到安然的手里。安然的手指没有用力，只是虚虚地伸在空气里，任凭那些钱掉落在地。

"你为什么要给我钱？"

"我知道你缺钱！"江辰不知道该说些什么，所以脱口而出。

这个世界上的悲伤还真的是接踵而至啊，都不会让人有一丝喘息的机会。

"你跟他们都是一样的！"她捡起地上的钱，朝着江辰的脸狠狠地砸过去。

她可以忍受各种各样的羞辱，在贴吧里被骂也好，被泼红墨水也好，就算是自己照片被人Ｐ了裸照被传到网上去明码标价也好，或者总是有莫名其妙的男生打电话过来问一晚多少钱也好，她都可以忍受。但是她忍受不了的是江辰听信了那些话，并且拿着钱来找她。

"你拿着你的钱去找别人吧。"安然在说完以后转身，心里那条沉淀悲伤的河流又泛滥起来。

江辰跑上来，从背后拉住她："安然，不是的！不是的！"

2. 冉赤若

离那对人影不远的地方，冉赤若站在黑暗里紧紧握拳，手指甲都陷入了肉里。

今天下午放学她本来打算等江辰一起回家的，江辰却在放学后急匆匆就跑回家，回家以后又匆匆跑到医院来，原来他是来拿钱给安然的。

她在原地站得身体渐渐发冷，这时一直站在她身边的另一个人却突然发了声："那照片是不是你传出去的？"

"我听不懂学长在说什么。"冉赤若在黑暗里把脸扭过来,路灯映照过来的微弱的灯光,刚好照见她嘴角上咧起的苍白的笑。

那声音又说:"你不用装傻,你上次说的交易我答应你!但是你不许再做伤害安然的事情!"

"你中午给我发短信说要跟我见面,原来是想通了啊。"冉赤若把头扭回去,语气似笑非笑。

看来无论是江辰,还是洛青,都争先恐后想要保护你呢。她的眼神又落到远处被江辰拉住的女生身上。

"你确定你真的有办法能够追到江辰?"他的眼睛也看向远处的江辰和安然,语气带着一点讥讽。

冉赤若听了没有动,过了一会儿才在黑暗里传来一句:"你等着看好戏吧。"

3. 安然

安然坐在病床边,用手揉了揉已经干涩得发痛的眼睛。

虽然江辰给的钱和自己从家里带过来的钱已经勉强把医药费给续上了,但母亲后续的治疗还是需要很多钱的。

上次在楼下的时候,江辰冲过来拉住她,她能感受到江辰的手心的温度,然后她听见江辰说:"安然,不是的,不是的,不是你想的那样。这些钱都是我参加比赛获得的奖金,我知道你妈摔伤了,现在需要钱。还有那张照片,我相信不是真的。真的,安然,你信我。"

那些泪,是不是都是天上的雨化成的?要不然为什么总是流不完,像是进入了漫长的雨季。

她被江辰拉着一动也没动,她的手还是按在自己的口袋上,穷人的悲哀是真的悲哀。即使在那样伤心的境地里，她都没有空花费太多时间来伤心，因为现在最主要的就是她需要钱。

在良久的静默以后，她能听到江辰手指上的温度在一点点丧失。

"那些钱，我会想办法还你的。"

她叹了一口气，从病床上起身，膝盖上又传来一阵疼痛。其实摔伤早就已经结痂了，但是一走路膝盖上结的痂就又会裂开，所以一直不能痊愈。

安然起身的时候，看见母亲已经醒了，躺在床上睁着眼睛，她走过去喊了一声："妈，爸刚刚送了乌鱼汤过来，我喂你喝啊。"

母亲自从上次知道自己的病情以后，就变得不爱说话，也不骂人。而父亲也在上次跟自己吵过一架以后，改变了许多。

今天父亲在送乌鱼汤过来的时候，安然让他也喝一点，但父亲放下汤，就匆匆走了，走到电梯的时候还回头和安然说："你多陪你妈说说话，让她顺顺心，才能好得快！"

看着父亲的脸消失在电梯门缝里，安然鼻头一酸，这样温情脉脉的话语，上次听到仿佛还是在上个世纪。

安然顺势把病床摇起来，然后拿过碗，汤因为一直放在保温盒里，一倒出来就冒出一股袅袅的热气，安然端过来，舀了一勺喂到母亲嘴边："妈，尝一口吧，可鲜了。"

母亲没有动，却看到安然的眼睛肿得像核桃一样。然后她又听见安然说："妈，你不用担心，咱一定会好起来的。上次医生不也说过吗，只要后期康复训练做得好，很多人都可以再走路的。所以我们要先把身体养好了。"安然收回汤匙，在碗里搅动了几下，又舀了一勺递过来："还有钱的事你不用操心，我也可以挣钱,我晚上会去夜市画画,你还不知道吧,我画得可好了,许多人都抢着买我的画呢。"

母亲随着安然喂汤的动作只是机械地吞咽着,脸上没有任何表情。但等安然端着饭盒出去的时候,眼泪却如泉涌一样从她的眼角流下来。

她脑子里想起安然五岁的时候在墙壁上涂涂画画,把他们整个院子里只要是空白的地方全给涂上了图案。

那时候邻居王婆婆就说:"你们家安然是天生的画家!"

第十六章　夜市打架

严丝合缝的黑暗，阳光都照不进来。

1. 洛青

天气一直朝着越来越寒冷的方向驶去，一个星期里居然经历了两次寒潮，而且手指已经从可以暴露在空气里到彻底不能从口袋里掏出来。

随便呼一口气，就能在空气里结成白色的水雾，在这样的水雾里安然的脸也一会儿清晰一会儿模糊。

安然坐在人来人往的夜市里，眼神专注地盯着自己眼前的画架，一只手揣在口袋里，另一只手在画纸上安静地描摹着，每隔一会儿她就会把握着画笔的那只手凑到嘴边哈一口气，然后又继续画起来。

在周边的喧闹里，安然仿佛是独立出来的存在。

他已经连续一个星期像这样借故偷偷跑到夜市来看安然画画了，但今天出门前，他却收到了冉赤若发过来的短信：快去步行街夜市，你要的好戏来了！

他觉得脑袋里好像被安了一个定时炸弹，在嘀嘀嗒嗒地响，所以他加快了脚步。

而在夜市这边安然的画架已经倒塌，画稿散落一地，有几个女生直接踩在安然的画上，横着脸，对安然污言秽语，而带头的那个女生，正是莫苒。

安然站在倒塌的画架前，紧握着拳头，手里的画笔快要被她握断，她瞪着眼前的莫苒："你给我捡起来！"

"捡起来，呵，安然，你真当自己艺术家啊！不知道我们安画家跟别人睡觉一晚收多少钱，比不比你的画贵啊？"莫苒笑着，嘴里喷出的却是毒液。

听说一个人面具戴久了以后，在露出真面目时会显得格外狰狞。

安然的眼睛发红，因为握拳太过于用力，身体有点发抖："你给我捡起来。"她发出低吼。

莫苒也不是软柿子，听见这么说反而更加嚣张起来："我不捡，你又能拿我怎么样？你上次在学校不是很有种，敢拿饭盒扔我。"莫苒边说边拿脚在安然的画稿上继续踩踏，直到把整张画稿都践踏得面目全非。

明黄的花朵已经彻底枯萎，连同着巨大的花盘一起腐烂。

手里的那根画笔也终于在不堪重力的压迫后断裂在手心里。

安然抬起手，狠狠地扇了莫苒一巴掌："我叫你捡起来，你没听见吗？"

"嘶"，空气里又有人发出这样的抽气声，但是这次的尾音拖得特别长，好像是也感受到了莫苒脸上的痛意。

接下来的场景，可想而知。莫苒在突然被打后，顿时有点发疯，她开始上去撕扯安然的头发还骂安然是烂货，其他女生在看到莫苒扑上去以后也都加入这场战局。而安然一直抓住莫苒的头发不放，两个人扭打在一起。

当洛青赶到看到这一幕的时候，他觉得好像有人拿了一根针，从他的太阳穴扎进去，然后又从另一边拉出来，顿时让他整个头皮都起伏发痛。

他赶紧冲进去拉住了正在厮打的两人，被拉开的时候安然一脸狼狈，头发也披散下来跟疯子无异，但是她倔强的眼神还是狠揪了一下他的心。

洛青把安然护在身后，周围广告牌的灯光全部凝聚在他的眼睛里，能看见他的嘴唇缓缓开合："当街斗殴，你们就不怕传到学校里被开除吗？"

莫苒听见以后嗤笑了一声，那些毒液又喷洒出来："学长不在家学习，又跑来管闲事啊，难道也是跟我们安画家睡过吗？"

这句话的难听程度让洛青瞬间变了脸色，他睁大眼睛看着眼前的莫苒，他显然没有想到一个只有十七八岁的女孩，在说出这么恶毒诋毁人的话的时候居然还能笑得这样没有罪恶感。

"学长不说话那就是睡过喽！"莫苒见洛青没有说话，反而更加放肆起来。

而此时在洛青背后的安然显然像是一头被激怒的小兽，她冲出来耳光就要再次落到莫苒脸上，莫苒被吓得尖叫一声，赶紧伸出手来挡在脸上，后退了一大步。

洛青却在这时及时拉住安然，他从后面抱住她："安然，不要冲动！"但安然依然想要挣脱他的禁锢冲到莫苒面前去，洛青加重手上的力道，安然扭过头双眼血红地看着他，他冲安然摇头："不要！"

对面莫苒没有等来安然的巴掌，却又再度嚣张起来，她高高扬起自己的手掌，指着安然说："是不是不给颜色看看，你不会罢休？……"。

2. 江辰

　　台灯发出柔和的光芒，江辰正在专心做着习题，桌子上的手机却一直振个不停。

　　他有点烦躁地打开手机，看见冉赤若发消息过来："安然和你们班校花在夜市打架，你来不来？"

　　他腾的一下就从椅子上站起来，但还是保持平静地走到客厅去，对坐在沙上的母亲说："妈，我出去一下。"

　　"这么晚你去哪里？"

　　"洛青说有事找我。"他面色沉着，而母亲也在仔细打量了他一下后，才说"你去吧"。

　　他赶紧冲下楼，迎面差点撞到一个人，他刚要说对不起，却发现是冉赤若。

　　"走吧，我打了车。"冉赤若说。

　　车子才停下，江辰就跟在冉赤若后面直往夜市冲。等到跑到时候，她看见一群人乌泱泱地围在前面，有的人还伸出手去指点："啧啧，现在学生啊，真是……"

　　但他已经顾不得去听别人说什么，他直接挤过人群，冲了进去，而莫苒的手就在他的视线里抬了起来。

　　"莫苒！"这一声用了他十成的力气，扯得他心肺直发痛。

　　莫苒仿佛受到了惊吓，她在转过头时露出一脸不可思议的表情，好像没有想到他会突然出现在这里。她伸在半空的手一时不知道是伸着好还是缩回去好。

　　这时冉赤若却从江辰的背后走了出来："你们在这里打架围了这么多人，街上的巡警已经往这边来了。"

莫莘的眼睛也从江辰身上转到冉赤若脸上，但冉赤若面不改色："你们要是不想被抓的话，最好现在就跑！"

这时莫莘背后的几个女生开始害怕起来，有的拉着莫莘的袖子。

"不然我们走吧，要是真闹到学校去，真的要被开除的。"

"我可不想被开除。"

"我也是。"

"走吧，走吧……"

然后莫莘被那群女生拉着迅速从人群里退去，莫莘在离开的时候，眼睛还是死死盯着江辰的脸。

而江辰只是看着被洛青抱在怀里的安然，她的脸上有被女生用指甲划伤的伤痕，头发全耷拉在脸上，脸上也都是脏污，他一阵心疼，但还是克制着弯下腰去帮安然扶画架，洛青也放开安然，开始捡散落在地上的画稿。

当所有的东西都收拾好以后，江辰站在安然面前，开口叫"安然"。但安然并没看他，只是用一种对待陌生人的口气对他说，要是画肖像的话50块一张，买画的话100块一张。

他准备好的话顿时全噎在嘴里，他再去看安然时，安然提起画架准备收摊。

不知道为什么，他觉得他和安然之间好像突然被人筑起了一堵透明的墙，我看得见你，摸得着你，但就是再也靠不近你。

安然已经走出去有十几米了，洛青礼貌地挥手跟他说："我先送安然回去。"然后转身跟了上去。

3. 冉赤若

冉赤若看着走在前面一言不发的江辰，不知道该说些什么来打破沉默，所以她一直默默跟在他身后。

在走出离夜市很远以后，冉赤若的手机在口袋里振动起来，江辰依旧走在前面，没有回头，也没有发声。她赶紧打开手机，看见消息她停了下来，手机灯光照亮她皱起的眉毛。

消息的内容是：今晚江辰为什么会来？

在她"啪啪啪"地键入一行字刚点完发送的时候，已经走出一段距离的江辰见后面没有声响，转过头来："怎么了？"

"哦，没事，推销发的广告。"她关上手机，跟了上去。

"今晚谢谢你！"在她跑上来以后，江辰突然说。

"都是小事情，谢什么。"她一脸轻松。

"不过你是怎么知道莫苒她们找安然麻烦的？"江辰的声音很轻，如同月光轻轻落在她的肩上。

"这种事我消息最灵通了，不像你们学霸除了学习就一点社交都没有。"冉赤若又是那副笑嘻嘻的表情。

江辰被冉赤若这么说干脆转移话题："那我们家的地址你是怎么知道的？"

"你真想知道？"

江辰没有说话，冉赤若却顾自走到他前面去，然后转过身来，倒退着向前走，面上却带着狡黠的笑容："其实你刚进乔木高中的时候，我就跟踪过你。"

冉赤若的声音是很好听的，就像是银铃在风里响动的感觉，会让人想到"悦耳"这样的词，但他在听完冉赤若的话后却不知该再说些什么，所以沉默就一直延续到他到小区。

在小区门口，冉赤若看着往里面的走的江辰，喊了一声："喂，江辰，这么晚了你不考虑送送我吗？"

江辰停下脚步，上下打量了她一下，却迟迟没有动脚，最终她笑了一下："开玩笑的，你快回去吧。"

在看着江辰的背影全部消失的时候，她的手机又振动起来。

她再次打开，依旧是莫苒发过来的消息："我都按照你说的做了，那个视频你可以删了吧。"

她在飞快地回复之后，手机马上再次振动："好，我会照你说的做，但请你以后不要再来找我。"

她看完苦涩地笑了一下，把那些信息勾选起来点了"全部删除"。然后她收起手机开始往家走，路上灯光亮一块暗一块。

街边的店铺也差不多都打烊了，她路过一家小店的时候，有一个服务员正好从门缝里露出半个身子出来扔垃圾。在她走过时，服务员从门缝里看了她一眼。

这让她一下就想起当初那张使劲想往门缝里看的脸。

刚念初三那一年，她认识一个跟自己父亲长得很像的男人，但是那个男人却是一个骗子，他借给她过生日为由把她骗到自己的住处想要强暴她，她才喊了一声就被男人用毛巾塞住了嘴。在她感到绝望以为自己肯定没救的时候，门口却传来一阵敲门声，敲门的是一个年纪不大的男生，他背着书包，站在门口问振华补习班是在楼上吗，边问眼睛还边往门里看。

她在门里发出呜呜的声音，在男人不耐烦要关上门的时候，男生还是死死拉着门框，问："您真的不知道吗？"眼睛还是往里看。

在门关上的那一刻，她感受到男生坚定的眼神，果然在男人还没来得及撕裂她的衣衫的时候,警察就已经冲进来了。

最后男人被抓了,是那个男生报警救了她。

如今这个男生的脸已经在眼前,但她和他之间仿佛还隔着万里重洋。

4. 洛青

在离开夜市以后,路面也逐渐变得寂静起来,只有偶尔过去的车辆的车灯会照亮他们。

安然哈了一口气,搓了搓手,她扭过头来:"你冷不冷啊?"

突然传过来的声音,让洛青转头"啊?"了一声,他的脑子里一直在想刚刚在夜市冉赤若突然站到他身边,在他耳边说的那句:"你做得很好哦,学长!"这句话像狂风一样刮乱了他所有的心绪,让他连安然说的话都没有听清。

"你冷不冷啊?要不我自己来拿吧?"看着他一脸不知所云,安然又说了一遍。

"没事,不冷。"在听清以后,他微笑着摇了摇头。

安然也收回眼神,依旧往手心哈了一口气:"真奇怪,感觉每次我被人欺负的时候,你都能出现。你是不是上天派过来保护我的天使啊?"

路上的车灯又照过来,刺眼的光芒一下把他们淹没在一片光亮中。在光亮里,他看着安然的脸,心里那座岌岌可危的大楼,一下就崩塌下来。

"我只是路过,没想到又会遇到你。"在车子过去以后,他不动声色地笑起来,然后假装不经意地随口问道,"你是跟那些人有什么过节吗,为什么她们老找你麻烦啊?"

"因为她们觉得我抢了她们的东西。"安然依旧搓着手,鼻头已经被冻得通红。

"什么东西?"

"江辰啊!"安然不以为意,他刚刚崩塌的心却骤然一紧,"那你抢了吗?"

"我没兴趣抢,我只想有钱,很多很多钱,那样我妈的伤就有钱治了。"他看到安然的眼神暗下去,随即又亮起来,"天这么冷,刚刚你又帮了我,我请你吃馄饨暖和一下吧,这家鲜虾馄饨很好吃的!"安然盯着眼前的馄饨馆。

热腾腾的馄饨,在暖气开得很足的空间里,依旧袅袅地冒着热气。安然把手捧在碗沿上,没有吃,只是盯着他使劲看。

洛青停下筷子:"你看什么?"

"总感觉在哪里见过你,但就是记不起来。"安然歪了一下头,有点困惑。眼前的这张脸,总是有一种莫名的熟悉感,好像是认识了很多年的朋友,后来失散了一样。

而洛青在听到安然这么说以后,抬起头来若有所思地看着安然的脸,然后他微笑着开口:"我知道你在哪里见过我。"

"哪里?"

"就在这里啊!"他的笑意更加灿烂。

安然看着他的笑脸,本来还欣喜的脸,换成了一个白眼:"快吃吧,吃完早点回去。"

可能你记不起来,当年你第一次见我的时候,就是在这家馄饨馆前。只不过那时候这里还只是一个流动的摊子,小学也还没有把校区迁走。

他们默默吃着馄饨,边吃还边说了一会儿闲话,而他们之间的陌生感也在随着身体热量的回复,而慢慢消散。

洛青看着安然被热气熏红的脸颊，心里暖洋洋的，但是一想起冉赤若的话，他就觉得心里好像被塞了一块海绵，那种堵塞感挥之不去。

当烛光亮起的时候，应该没有人会在意烛台底下的那一点黑暗吧。

是吗？

是吧。

第十七章　期末考试

常年幽居在黑暗深海里的人，有一天突然浮出海面，呼吸到外面的空气，就再也不愿意回去。

1. 安然

已经临近寒假，各班的班主任都在变着法地压榨学生的周末时间，安然才把一沓试卷塞进包里，又发了一沓下来。

来回收了三四回以后，看桌子上没有再添新的试卷，安然才敢走出门去。在下楼梯的时候，突然有人从后面叫住了她，她转头就看见冉赤若站在楼梯上面。

楼道里的光让冉赤若看起来很柔和的感觉。

她看着冉赤若走到她面前。"介意一起走一会儿吗？"冉赤若站定后说。

"不介意。"

她们在路上慢慢走着，她没吭声，冉赤若也一直沉默。终于在冉赤若抽完一根烟以后，她停下来碾灭烟头。

"你喜欢江辰吗？"冉赤若开门见山。

喜欢吗？还是不喜欢？自己好像从来没有思考过这个问题，就感觉江辰像是风一样，只会在她生命里掠一圈，然后就会毫无痕迹地离去。

在她的沉默里,冉赤若又开口:"不管你喜欢还是不喜欢,我希望你可以离江辰远一点,你自己该知道你和他不是一个世界里的人。"

"那你跟他是一个世界里的人吗?"她反问。

显然没有想到安然会问这样的问题,冉赤若盯着安然的眼睛:"不是。"说完她停了一下,过了一会儿才又开口:"但是我肯定比你更喜欢江辰。还有我这个人最讨厌别人跟我抢东西,如果你想跟我抢的话,我不会对你客气。"

冉赤若说话全程语气都很轻,却很压迫人。安然看着她的脸:"我不会跟你抢!"

回医院的路上,安然看着路两旁光秃秃的树木,心也一下变得空旷起来。她记得在刚进乔木高中的时候,那时候班主任把她调到江辰侧后方的位置,只要一抬头,她就能看见江辰的侧脸,所以她总会在不经意的时候偷看他,然后拿起速写本悄悄地都画下来。

而且在每一次偷看江辰的时候,她都会想江辰会不会在某个时刻也突然转过头来看她,但从来都没有过。

有些东西不是我不想抢,是他从来都不属于我。

她抬起头,冲着天空做了一个似哭非笑的表情,然后她把手圈在嘴巴上,朝着上面喊了一声:"我不会和你抢!"

在各班的学生被历年习题折磨得快要疯掉的时候,一学期终于要滑向它的句点。

今早每个人推开门的时候,都会发出一声"哇",雪花像是纷扬的纸片一样从天空中落下来。安然在路上走着走着也停下来,她伸出手,好几片雪花同时落在她的掌心里,然后她昂起头,整个彭泽变成一个迅速拔高的镜头。

在一片苍茫的白色里,她努力地睁着眼睛,想要看清雪花落下的轨迹,但看似轻飘飘的雪花,却下得又快又急。她一眨眼,雪花就粘在她的睫毛上,最后融化在她的眼睛里。

雪花落地的时候,为什么不会把人砸伤呢?她低下头来的时候这样想,然后抬起脚拎着饭盒继续往医院走去。

脚踩在雪上发出"咯吱"的声音,等这场雪下完,她的高二上学期就彻底结束了。

最近这段时间她一直在医院陪母亲做康复治疗,很少去学校,班主任怕她落下功课,特意让各科老师把上课的视频拍下来,这样安然就可以在医院一边照顾母亲,一边学习。偶尔她去学校的时候,莫莘也没有因为夜市的事找过她麻烦。而且莫莘有时候看到她还会刻意躲避,她感到很奇怪,但也懒得去追究。

毕竟现在一切都在朝着好的方向发展。

看着母亲吃过早饭,安然把餐盒收起来,要走的时候跟母亲说了一声:"妈,医生说这几天你就可以出院,等一下爸会过来跟医生商量,我先去学校考试,考完我就回来看你。"

在去公交站的路上,安然再次抬头望了一眼漫天飘雪的天空,只一瞬就听见空气里传来"糟了",然后便看见安然像上了发条的兔子一样,在雪地里没命地奔跑起来。

上次她在学校里听到有同学说:一旦期末考试结束,这个冬天最寒冷的时候也就来了。

安然大口喘着气,却觉得春天已经在蠢蠢欲动了。

2. 洛青

这次期末考,学校里为了防止学生作弊,采取了把不同年级的学生安排在一起考试的错班制度。

早上进考场的时候,洛青看着自己旁边的桌上贴着安然的名字,高兴得差点叫出来。但现在监考老师都已经在分发试卷了,安然的座位却还是空空荡荡的。

"她不来参加考试吗?"他才想着安然就满头雪花急匆匆地冲了进来,很大声地喊了一声"报告",把监考的老师都吓了一跳。在老师说完"进来吧"安然就站在教室最前面用眼睛搜寻着教室里的空位。

他赶紧挺直身体冲安然招了一下手,随即安然便带着很重的气息和大团的热气直接摔在他旁边的座位上。

"你怎么来得那么晚啊?"他很小声地问。

"错过公交车了,我跑过来的。"

他看着安然头顶冒着的热气,还有冻红的鼻头,不禁微笑起来:"快做吧。"

教室外的雪一直在"簌簌"往下落着,偶尔树枝不堪重负,会"咔"地发出一声断裂的声音,教室里的考生会抬起头往外望一眼,又低下头来继续做试卷。而考试的时间也在这样寒冷的空气里,缓慢地往前爬行。

等到下午考数学的时候,雪已经下得很深了。

考试期间,洛青会偶尔转过头来看安然,但安然不是盯着窗外的雪出神就是趴在桌子上转笔,要不然就是在草稿纸上随意画着一些什么。

他拿笔在安然的桌子上轻轻敲了一下，示意她时间已经不多了，安然却侧趴在桌子上向他做了一个口型：我不会做。然后就从桌子上爬起来，在草稿纸上唰唰地写了一行字：听说你也是学霸，要不你帮我做吧。

并没有征得他的同意，安然就已经把自己的试卷拉到他的桌子上，上面还有一个纸条：你把答案写在草稿纸上，我抄下来就行。

洛青看着纸条略微有点为难，安然却在一旁做出拜托的手势，最后在他抬笔在草稿纸上演算起来的时候，安然才咧开嘴露出一个很大的笑容。

考试终于结束了，洛青在一旁看着在快速收东西的安然："你放寒假了还要在医院照顾你妈吗？"

"不用，我妈明天就可以出院了。"

"那医药费……？"

"医药费是我爸找他同学借的。"安然收完东西，就说，"我走啦！"然后他还没来得及反应，安然就已经跑出了教室。

他也加快了收东西的速度，他刚走出教室，顿时对眼前上下一白的苍茫景象怔住了，随即脑海里浮现出那个盛开得很大的笑容。

这么大的雪，应该能掩盖住世界上所有的悲伤吧。

3. 江辰

"你的脸，是我等在时间里的静默。"

江辰站在校门口，脑子不知道为什么会冒出一句这么怪且没有逻辑的话。而自己陷在雪地里的脚，也因为雪水渗透进去，而觉得脚底冰凉一片。

从他眼睛里走过去的人群从色彩斑斓的一大片,到现在只有稀稀拉拉的几个人,还是没有看到安然的身影。

他跟安然自从上次在夜市见过以后,就再没有说过一句话。安然偶尔来学校的时候,也会刻意避开他。今天期末考试他本以为能在学校看见安然,没想到还是错过了。

正当他有些失落准备走的时候,背后传来一声"江辰",声音经过雪的折射,在学校里荡出回声来。

他转身,看见冉赤若从身后的那一片纯白里向他跑过来,到了他面前。"你特意在等我啊?"她问。

他没有讲话,只是看着冉赤若穿着的羽绒服外裹的校服,校服被撑起来,像是有人往里面打了气,鼓鼓囊囊的。

冉赤若见江辰没有作声,默认他是在等她,她的眼睛里装着江辰的脸,一时兴奋起来:"江辰,你看我像不像一个好学生。"她在雪地里转了一圈。

江辰的眼神也随着她转动的衣角转了起来,转动带来冷风扑到他脸上。"穿得像好学生又不一定是好学生,穿得不像好学生又不一定是坏学生!"他的声音也凉飕飕的。

冉赤若撇了一下嘴,明显有些失落:"搞不懂你们这些学霸的逻辑!"然后她自顾自往前走去,背后却迟迟没有动脚的声音。"你不走吗?"她回头。

"哦。"听见她的声音,江辰收回继续往学校里望的眼神,跟了上来。今天早上起来雪就已经下得很大,所以他没有骑单车到学校来。他和冉赤若并肩一起在街上往回走着,因为雪下得大,整个彭泽如同一个被雪堆砌起来的童话世界。

一路上冉赤若都故意挑雪厚的地方走,然后踩出深深的脚印，她回头呼着大口的热气朝江辰说："你踩着我的脚步走，那这样别人就以为只有一个人从这里路过。"她眼里高兴的光芒像一个在外玩耍的调皮小孩，那么纯粹单纯。

江辰一时有点恍惚，突然想起冉赤若在街上喂流浪猫的那个晚上，那个时候的她又像一个悲伤的孩子，而他经常看见的她又是一副痞气十足，吊儿郎当的样子。

到底哪个才是真的她呢？

"快来呀！"冉赤若走得更远，又朝他喊。

他看着自己眼前的一排脚印，他犹豫了几秒钟，踩着走了上去，等他跟上，冉赤若依然走在前面，她的双臂张开，走得摇摇晃晃的，像是走在绳索上一样。

她踩到一块很厚的雪，"咯吱"一声重重踩上去："江辰，你打算考哪个大学啊？"

他也踩上他前面她留下的脚印："现在还早，还没想呢，也许会考虑出国留学吧。"

"啊——"她突然转身回头，差点撞到跟上来的江辰身上："如果留学的话，那你想去哪个国家？"

"暂时还没定呢，要看我妈他们的想法。"江辰及时刹住脚，后退了一步，然后他看见冉赤若脸上略微有些失落的神情，感到有点奇怪，"你想好考哪个大学了？"

"没呢！"冉赤若转过身继续走起来，只不过没了刚才的兴致，"我本来想看你考哪个大学，我就考哪个。你都没确定，那我也不知道考哪个好了。"

江辰站在原地看着冉赤若穿着校服的后背，看着她深一脚浅一脚地走进眼前那片纯白的世界里去。但是风已经把冉赤若的话带到他的耳朵里，像是种子在他的耳朵里生了根。

每一次他在问冉赤若问题的时候,他都觉得自己能够招架得住。但是等冉赤若开口的时候,他才发现自己完全无法招架。

这个女孩像什么呢?他曾很多次想过这个问题。在学校里有许多女生追求他,但她们都会在他的无视下逐渐离他远去。只有冉赤若像是傍着他生长的一条藤蔓,在经年累月里已经紧紧地缠绕住他。

如果他想甩掉她,那就必须连自己也一起毁掉。

4. 冉赤若

他们在岔路的地方分别,她看着江辰踩着雪离开她的视线才转身往家走。等到家时候,她正打算掏钥匙开门,门就已经从里面拉开,露出一头白发。

是奶奶来开的门,不过也不会有别人来。

她走进去没换鞋就直接瘫到沙发上,奶奶却赶忙拿着拖鞋走了过来:"今天怎么回来这么早?"

"考完了,没什么事呗!"她一脸无所谓地仰头盯着天花板。

"今天你爸爸打电话回来了。"奶奶坐下来捞起她的脚。

"打电话来干什么?"

"你爸和你妈今年不回彭泽过年,让你考完到上海去!"奶奶说得有些小心翼翼。

"让我去上海,你怎么办?他们要是不愿意回来,就别回来了。我跟你两个人留在彭泽一样也可以过年!"果然,她一下就坐直了身体。

"我都老了,懒得折腾了!况且你弟弟快要满月了,你爸想让你去参加你弟弟的满月宴!"奶奶依然低头给她解着鞋带。

她突然睁大了眼睛:"什么时候生的?"

"这个月底你弟弟就要满月了!"

"呵,出生都快要一个月了,我却什么都不知道!"她冷笑道。

"你爸爸妈妈也是怕你难过,才让我不要告诉你!"奶奶已经成功把她的鞋子都脱下来,正要帮她换拖鞋。

"怕我难过,就不要生啊!"她突然站起来,两只脚踩在冰凉的地上,"想让我去,他冉明磊还不敢亲自来和我说。"

"又说什么胡话!那是你爸爸!"奶奶也突然站起来,又拉她坐下,把她的脚伸进拖鞋里,"你现在已经是高中生了,要懂事!"

"我就是不懂事,凭什么我一生下来他们就把我扔给你,我每年过生日他们都不回来看我。现在有了弟弟,要办满月宴,说什么让我去上海过年,说得好听,我才不去!"

奶奶看着她,眼里也都是心痛,但还是开口:"你已经大了,不能什么事都由着你的性子,再怎么说那也是你亲弟弟,又不是旁人!"

"对,他们都不是旁人,就我是旁人,就我是多余的!"她一下就把奶奶刚刚帮她穿好的拖鞋泄愤似的甩了出去,拖鞋甩到茶几上的水果盘上,一下就把水果盘带翻了。

底下露出一张照片,她伸出手去拿,奶奶也伸出手来抢,但是没有抢下来,在一旁有点心虚地说:"这是你爸爸寄回的,我还没给你看呢。那中间的就是你弟弟,你看,长得跟你小时候一模一样!"

她把照片捏在手里,心脏却仿佛被人掏了一个洞,在呼呼冒风。照片里父母把还未满月的弟弟抱在怀里,他们笑得十分开心。她从来没有看见过父母对她展现过这样的笑脸。

"弟弟也回彭泽来生活吗?"她捏着那张照片,眼睛死死地盯着照片上父母的笑脸。

面对她这样的问题,奶奶突然局促起来,几次张嘴,却不知说什么好。但是这无声的回答已经说明了一切,弟弟怎么可能回彭泽来生活,他一定会在父母的呵护下长大,长成这个天底下所有幸福的小孩的模样。

她突然发了疯,拿了茶几上的剪刀就开始剪。奶奶哎哟着来抢她手里的照片,但没来得及,她就已经沿着父母笑脸把那张照片剪开。

"你这孩子怎么能把自己的爸爸妈妈当仇人呢!"奶奶急了,蹲下来去捡地上的照片碎片。

但她却一直像是报复一样使劲地剪着那张照片,直到她把那张照片剪得粉碎到不能再剪,看着满地的照片碎屑,她眼睛红红地说了一句:"我没有爸爸妈妈,他们不是我的爸爸妈妈!"

奶奶把照片碎片拢在茶几上,试图拼起来,边拼边冲口而出:"你这臭脾气不改,你爸爸妈妈怎么能喜欢你呢?"

这一下彻底踩到了她的七寸,从她喉咙里发出一句像是呜咽又像是怒吼:"谁要他们喜欢!"

她直接转身,就往房里跑去,随后只听见一声要把天花板震塌下来的摔门声。

在转身的那一刻,她看见了茶几上父母碎裂的笑脸。

真讨厌!

第十八章　春天

遗落的春天，全部都葱茏地回归了。

1. 洛青

因为雪下得太大，路面很湿滑，今天回家居然比平时多走出二十几分钟。因此等洛青到小区的时候，正好看见江辰的父母在讨论着什么走过来。他迎面走上去，礼貌性地打了声招呼问了声好。江辰的母亲也微笑着客气地回应："考完回来啦！"

他"嗯"了一声打算走，但是江辰的母亲却开口问他："小青，你说现在出国旅游去哪里比较好？"

突然被问，他愣了一下，然后明白过来："叔叔阿姨是打算带江辰出去旅游吗？"

江辰的母亲笑得一脸春风说"是"。他在脑子里想了想说："这个季节应该是去暖和的地方吧，现在澳大利亚正是夏天，还可以去海滩玩呢！"

江辰的母亲一听眼睛亮起来，扭头对江辰父亲扬了一个得意的眼神，然后又扭回来："我就说去南半球比较好吧，你叔叔非说出去过年要去下雪的地方。"随着又叹了一口气，"我和你叔叔忙得这么热闹，但我们问江辰，他还不愿意出去呢，要是江辰的脾气像你一样就好了。"说完又叹了一口气。

他只是尴尬地笑了笑。看着江辰父母离开后，他掏出刚刚在口袋里振动过的手机，打开看了一眼他就不耐烦地又收回口袋里。

这条消息是冉赤若发过来的，大意是让他想个办法让江辰寒假离开彭泽。

离开彭泽，开什么玩笑？他沉着脸走上楼去。

本来以为冉赤若跟自己合作，她会收敛一点，没想到越来越离谱。上次居然让莫苒她们去夜市找安然麻烦，后来还有恃无恐地说："我猜你不会跟江辰说的，而且要是安然知道她身边的这个天使学长靠近她都是计划好的，到时候安然和江辰谁的反应会更好看一些呢？"

越往上走，他的心越往下沉。

考场上的挂钟指针在跳到四点半的时候，最后一场文理综终于考完了。

洛青拿着东西才走出考场就看见冉赤若站在他面前的走廊上，背对着他看着走廊外的天空。下过雪后的第二天，天色一碧如洗，如果不是这凛冽的寒气，他都会以为这是一个春日午后。

他走过去和冉赤若一起并排站着，直到走廊上走得只剩下他们两个人。

"昨天你为什么不回我消息？"

洛青低着头看着楼下积雪化掉后露出的空地，只是轻飘飘说了一句"在复习忘记了"就搪塞过去。冉赤若知道这是借口，刚想开口发难，话到嘴边又忍住了，她扭头："你想到办法了吗？"

"没有！"

冉赤若盯着洛青的侧脸，高中男生日渐明朗的轮廓，在冷空气里有一些不近人情的感觉:"你不要忘了我们两个现在是合作的关系。如果你能让江辰离开彭泽,那你寒假就有很多机会接触安然,这样难道不好吗?"

"是你想有更多的机会跟江辰接触吧。"洛青把脸转向她。

"那这样不是刚好吗。"她盯着洛青的眼睛,并没有否认。

"你以为你想让江辰离开彭泽他就能离开吗,哪有这么容易。你当我是神仙吗,我跟你合作,我就什么都能做到?!"洛青有点发怒。

"这个我不管,这就是你的事了!如果你不想办法,那就是由我来想办法了,但是我不能保证会不会做出什么伤害到那个丑八怪的事来。"

洛青一听果然变了脸色,他恨恨地看着她,说:"你放心,我会想办法。"然后他转身下了楼。

看着洛青下楼的背影,冉赤若在后面冲他喊了一句:"我相信你一定会有办法的,加油哦!"

洛青走出校门,就一直闷闷地往前走。

街道上依然有没有化完的积雪,但没有昨天下的时候那种松软的感觉。他踢了一脚,雪发出清脆的碎裂声,白色的冰屑粘在他的鞋子上面。他停下来,又狠狠地踢了几脚,直到最后那堆被冻成冰的积雪都破碎在他面前他才停了脚。

到底是为什么才走到这一步?

是从第一次他在红绿灯那里看见江辰和安然,然后在小区碰到江辰的父母时故意把这个事情透露给江辰的母亲;还是在那天晚上江辰的母亲特意跑过来问,你知不知道江辰最近放学后都去哪了,然后他说出画室名字的时候;还是在很多次,他看见江辰眼里闪着愉悦的光,飞快地跑向停车场的时候……

他想要的不是这样的,他想要的是他能够默默守护在安然的身边,保护着她。但是到现在他一直做的都是伤害安然的事。

这些心绪压在他身上,像是一块千斤巨石,让他每往前走一步就更沉一分,直到他觉得自己不堪重负。他在小区门口看到蹲在路边的江辰,江辰把脸埋在腿上的手心里。

他走过去喊了一声:"江辰。"

江辰从自己的手掌里抬起脸来,眼眶红红地看着他。

"怎么了?"他也蹲在路边开始问江辰。

"我跟我妈吵架了,我妈非逼着我出国去跨年,但是我不想去。"

"你也会跟你妈吵架啊?"他笑着装作很随意地说,"上次我回家的时候刚好碰到叔叔阿姨,我听到阿姨说自从生了你,她就一直为你和叔叔操劳,从来都没有出去玩过,想趁着这次寒假正好一家人出去放松放松。不然你回去好好和叔叔阿姨再商量一下吧,他们应该可以理解你的。"

他一口气说完,江辰却用惊讶的眼神看着他,好像是第一次知道自己的母亲还会有这样的想法。

然后江辰转过头去,没头没尾地说了一句:"要是我妈能跟你妈一样就好了。"

洛青接茬:"我妈有什么好的,唠唠叨叨的。"

"你妈有什么话肯定愿意和你说,我妈从来没和我说过。"江辰的眼神无限寂寥。

洛青不知道该说什么,就在两个人静默一会儿后,江辰起身:"回去吗?"

"嗯。"他也起身。

他们一边往小区走,一边还说了几句别的话。在楼下分别的时候，他开口问江辰："你真的不想出国去跨年吗？"

江辰沉默着没有说话。

洛青说："那你好好想想吧，我看阿姨好像还蛮想去的。"然后他转身上了楼。

2．安然

计程车从医院驶出来以后，直接往家的方向开，在司机帮忙下，母亲终于被抬上那道长陡的阶梯。

安然推着母亲在家里转了好几圈，家里以前一直灰暗发霉的墙壁已经重新粉刷过，房间里那张一翻身就吱嘎作响的床，还有客厅里的旧沙发和旧电视机全部都换掉了。

所有的一切都焕然一新。

安然走到母亲面前，蹲下来高兴地说："妈，欢迎回家！"

母亲的眼睛在屋子里扫视了几圈后，只是"哼"了一声以示回应。但这一声足以让父女两个乐开了花。因为这些日子在医院里，母亲一直不大说话，也很少生气。如今这样，就代表母亲恢复了以前的脾气。

安然趁热打铁，急忙说："为了庆祝妈出院，爸今天特意让李姨留了一只仔鸡，打算亲自下厨呢！"

母亲随着安然的话看向站在一旁的父亲，父亲顿时觉得脸皮有些发热，说"我去杀鸡！"就转身走开了。

看着父亲拎着鸡出门，安然又说："妈，我和爸都商量好了，趁现在我放假，以后菜市就我去，爸在家照顾你。爸力气比我大，可以陪你做康复训练。"

母亲拿眼睛扫她，意思很明显。安然上来拉母亲的手："你不用担心我,我又不是没有杀过鱼,卖过鱼。早上让爸把鱼送到菜市以后就回来照顾你。以前你总说爸气你,趁现在你就好好使唤使唤他。"

看着母亲脸上的表情已经开始融化,她又接着说:"妈,我现在宁愿你骂我,也比你总不说话好。苦总会熬出来的,上天不会让我们一直苦的,肯定后面有一个大甜枣在等着我们。来,咱笑一个。"安然说着做了一个鬼脸。

母亲一下笑了,但是眼里还带着泪。

安然急忙去抽纸:"你看,我就说我妈是个美人吧,笑起来多好看,但是哭就不好看了。"然后轻轻替母亲拭去眼角的泪。

这时父亲刚好杀了鸡,正要往厨房里拿。

"你这鸡毛拔干净了吗,你就拖到厨房里去!"母亲出声责怪道。

父亲被说得一愣,安然却突然笑起来:"爸,你这拔的鸡毛,跟没拔一样。"

父亲有点不好意思,脸上却也笑起来:"以前杀鸡都是你妈拔毛,我哪有你妈拔得仔细。"

"你就是马虎。"

……

这些琐碎的话,逐渐眯了安然的眼睛。

那些沉睡在冬天里的春天,它睁开了眼睛呢!

第十九章　往事

心脏是一只巨大的容器，晃一晃，那些往事就哗啦啦地流出来，最后把整个心脏都倒空。

1. 冉赤若 & 江辰

飞机起飞的轰鸣声，让冉赤若张开了嘴巴。因为她以前听说这样可以减少压力对耳膜造成的伤害。

但是在她像傻子一样张了半天嘴以后，耳鸣并没有减轻，反而让她的腮帮子发酸。在飞机已经升空趋向平稳以后，转头看到如同大块棉花糖一样的白云就飘浮在机翼之下，从彭泽并没有直飞墨尔本的飞机，所以这一趟她要先飞新加坡再转机飞墨尔本。

在前天晚上洛青发消息给他，说江辰即将去墨尔本跨年的时候，她就根据洛青提供过来的江辰的出行日期和航班信息，跟江辰订了同样的航班飞墨尔本。

但在上飞机之前她还在电话里为了去上海参加她弟弟满月宴的事跟她父亲大吵了一架。因为父亲说会从上海回来接她和奶奶去上海，但是她却在电话里对父亲说就算是她死，她也不会去上海。

她把眼神从窗外的白云上收回来，略微站起一点身，就能看到坐在她前三排位置上的江辰头顶，还有坐在江辰旁边的他父母。

她的嘴角略微生起一点笑意。果然跟聪明人合作就是轻松的，期末考完那天晚上洛青就发消息给她说想到办法了，让她再等几天，然后再等到洛青消息的时候，等来的就是江辰要出国跨年的消息。

而在飞机降落在新加坡樟宜国际机场之前，江辰一直盯着自己已经关机的手机发呆。

在今早出发之前，他给安然发了几条消息，告诉她这个冬天他要去墨尔本过年，不会留在彭泽。告诉她注意保暖什么之类的。

其实他也不知道他自己为什么要发，也明明知道安然不会回。但是他总在心里想，万一安然突然找不到他了，很担心怎么办，所以他在犹豫好久以后还是发了过去。

到樟宜机场的时候，也才刚刚下午一点多。他们在明亮的机场大厅里，好像从这里转机的乘客特别多，刚刚跟他们坐一班飞机的好几个乘客都是在这边转机打算去别的国家。

在他低头看新的机票起飞时间时，却突然听到人群里挤出一个熟悉的声音在叫他"江辰"。

他抬起头看到从人群里推着箱子过来的冉赤若，他的眼里聚起一股奇怪的光芒。"你怎么也在这儿？"看着冉赤若已经到了近前他才开口问。

江辰的父母在这时也注意到冉赤若，冉赤若在他们还没有开口之前就主动介绍自己："叔叔阿姨好，我是江辰的同学，我叫冉赤若，就是上次跟江辰一起去参加英语比赛的那个同学。"

江辰父母一听是上次跟江辰一起去参加比赛的同学，顿时开心起来,问冉赤若打算去哪里,怎么只有一个人。冉赤若笑得甜甜的,回答说打算去墨尔本散心,父母做生意比较忙所以就一个人去。一听冉赤若这么说,江辰母亲一下高兴坏了,说他们也去墨尔本,又问她是哪个航班,冉赤若就把自己的机票拿给江辰母亲看,江辰母亲一看跟他们一样的航班,更加高兴地邀请冉赤若到了墨尔本结伴。

江辰在旁边看着冉赤若高兴地跟自己父母一来一往,没有说话,却在登机的时候,拉住冉赤若:"你不会是跟踪我吧?"

"我有毛病啊,跟踪你跟踪到国外去。"

"那怎么这么巧?"

"我昨晚跟我爸吵架了,半夜才决定出国散心的,谁知道能遇上你。就算我知道你要出国,世界这么多国家,难道我能算得准你去哪个国家。就算我算得准你去哪个国家,我能算得准你的航班?!"冉赤若倒豆子似的噼里啪啦说了一大堆,把江辰说得一阵心虚。

然后他看着冉赤若甩掉他的手,追上自己的父母,冉赤若不知道说了什么,一下就逗得自己的父母大笑起来。

江辰跟在后面有种错觉,觉得冉赤若才是自己父母亲生的,他才是独自来旅游的那个同学。

2. 安然 & 洛青

凌晨的寒冷是你无论裹得多厚,总有一股冷意仿佛粘在骨头上,让你的上下牙在无意识控制的时候,"咯咯"打起架来。

安然死命抿紧嘴巴,手上一刻不停地把早上运过来的活鱼倒进水池里。等到摊子一切都收整利索后,天已经亮了,早起的大爷大妈已经冒着寒冷来买菜了。

在绕着晨雾的天光里,有些老顾客在看到她以后不禁诧异了一下,以为摊子换了人。她一边拿着网兜捞鱼一边解释自己家里出了点事,最近她来顶摊。

然后那些顾客有的会夸赞她能干,有的会露出一些同情的目光,她都只是嘿嘿赔笑,然后把杀好的鱼递给他们。

到了中午吃午饭的时候,安然正在默默啃着早上剩下来的半个馒头,却感觉摊子前的日光突然被人挡住了。

她抬起头,洛青熟悉的脸就出现在她眼睛里。这是她开摊以来,洛青第三天来了。

"你今天还买鱼?"安然把剩下最后一口馒头吞掉,站起身来。

"嗯。"

"那你想买什么鱼?"

"你给我挑一条吧。"

一连三天都是差不多的开场白。

安然顺手就拿起网兜在水池里捞了几下,捞出一条个头适中的鱼。"今天的鲢鱼很新鲜,早上有个阿姨买了好几条说要回去做腌鱼,腌鱼你吃过吗?"安然把网兜伸到他面前,"这条行吗?"

他看了一眼,点了点头:"我妈做的酒糟腌鱼很好吃,我妈说她当时就是用这道菜征服我爸的。"洛青笑起来,露出整齐好看的牙齿。

安然把鱼摁在砧板上,问:"你杀过鱼吗?"

他摇了摇头。

"那你要看看鱼是怎么杀的吗?"

他还没回答,安然就直接开始了。

"杀鱼需要先把鱼敲晕。你看，这样当头一刀背，鱼立马就不动了。"安然握刀的手很稳，他看着安然把鱼在砧板上横过来。"鱼敲晕以后就要开始刮鱼鳞，也是用刀背刮，要逆着鱼鳞的方向往上打。"

鱼鳞脱落，安然的整个手背上都被粘了很厚的一层鳞片，鳞片底下显露出来的皮肤呈现出酱紫色，他的胸腔里好像是突然被人揉进去了一把雪，不由得开口："冷吗？"

"嗯？"安然显然没有听清，侧过头来看着他，眼神只停留了一下，"现在是杀鱼最关键的一步了，一条鱼杀得好不好就看这一步了。"

他屏息看着，看着刀锋直直地划过鱼的肚皮，在鱼肚洞开的时候，安然把鱼从砧板上拿了起来："看见了吗，那个墨绿色的，就是鱼的胆。"他把眼神锁在里面，鱼的苦胆像是一颗色泽很好的翡翠，"你别看只有那么一点，却能苦遍鱼的全身。如果在开肚的时候，切偏了，就很可能弄破鱼的苦胆。"

安然在把鱼的内脏都弄出来以后，放在水里使劲地清洗了几下，手指在冷水里起伏，最后暴露在空气里向他伸过来。

这么近的距离，他才看清安然手上大大小小深浅不一的口子。

又一把雪揉进来。

"喂！"安然抖动了一下手里的袋子，"哦。"他这才伸手接过来，然后另一只手从口袋里去掏钱。

半天他那只手还在口袋里。"本店概不接受赊账啊！"安然看着他的脸，淡淡地笑起来。

"那怎么办？"他也蹙起眉，假装一脸为难的样子，手却从口袋里掏出了一把糖果，安然看见糖果，眼睛一下亮起来。

"哪来的这么多糖果?"

他把糖果和钱一起递给安然,很随意地说是因为在便利店买东西找零送的。

安然也没怀疑,拿到手就高兴地叫了一声:"哇,居然有青芒口味的!"然后直接剥开一粒青芒味糖果塞进嘴里,眯着眼睛开心地品尝起来。

"你喜欢吃青芒味的糖果?"

他买的时候不知道安然喜欢什么口味的,所以什么口味都挑了一些。

"我喜欢吃一切青芒味的东西,蛋糕,冰淇淋,饼干……对了,我还喜欢青芒味的青芒。因为这种味道总是在开始的时候酸酸涩涩,到最后却是满口的甜。"安然嚼着糖果的腮帮子,一鼓一鼓的,说到最后她自己也笑了起来,笑得有些孩子气。

洛青看着安然满足的样子也不自觉地微笑起来,又略略觉得有些心酸,别的女生都在渴求一些贵重精致的东西,安然却因为一颗糖果就高兴成这样。"除了青芒味的东西,那你还喜欢什么。"

"那我喜欢的东西多了,我喜欢……"

在他们说话正说得有兴致的时候,正好有其他客户来买鱼,洛青这才站直身子,微笑着朝安然摆了摆手:"那我先走了。"

在他快要走出菜市场门口的时候,回头望,安然还在嚼着糖果,脸上也依然挂着笑容。

不知道为什么,在那一刻他有一股莫名的安心感,总觉得安然会永远待在彭泽,他只要像这样,一回头,就能看见她。

然后他转回头,把手揣在口袋里快速地走出菜市场。到家的时候,母亲看着他手上提的袋子:"你又去买鱼啦?"

"嗯,朋友家买的,光顾一下生意!"他笑着说。

3. 江辰

他们定的酒店靠着海,出了门就可以看见沙滩。晚上睡在床上的时候,耳朵里都是一阵一阵的海潮声。

出发到墨尔本已经过去三天了,他还是会有空就盯着那个出国就等于报废的手机。他按着开关键,屏幕在他手里亮了又灭,灭了又亮。冉赤若坐在他旁边的沙滩上,眼睛盯着很远处的海潮,轻轻哼着歌。

他听得入迷,转头问冉赤若这是什么歌。冉赤若一副见到活化石的表情看着他:"你真老土,连张惠妹的《听海》都没听过。"然后她转过头去继续哼着:

"写信告诉我　今天海是什么颜色
夜夜陪着你的海心情又如何
灰色是不想说　蓝色是犹豫
而漂泊的你,狂浪的心　停在哪里
写信告诉我今夜　你想要梦什么
梦里外的我是否都让你无从选择
我揪着一颗心,整夜都闭不了眼睛
为何你明明动了情却又不靠近
……"

冉赤若的眼睛里盛着傍晚的光亮,她双手从背后撑在沙滩上,头发也拖在背后的沙地里,她唱得很专注,不像上次那样笑嘻嘻的，让人听了莫名很伤感。

他忍不住问："你为什么要跟你爸吵架啊？"因为最近他虽然看着冉赤若表面上嘻嘻哈哈的，却总是隐约感觉她不是很开心。

冉赤若停下歌声，她转过脸，眼睛里还是盛着墨尔本傍晚的光亮："你说这首歌是不是很应景。我以前一直想当个歌手来着，你觉得我唱歌好不好听？"她答非所问。

他看着随着光线变暗，冉赤若模糊了边角的脸。"好听！"他答。

听到他这么说，冉赤若并没有像往常一样高兴得立即跳跃起来，她眼睛的光亮反而好像被人突然倾倒出来了一样。

他当时以为自己说错了话，但等他听完那段像是被海水浸泡过的故事，他眼睛里的光芒也一同沉坠下去。

"江辰，你总觉得你妈管着你很烦吧，但是我妈连管都不愿意管我。我明明是有爸爸妈妈的孩子，却从小就被学校里的同学嘲笑'冉赤若是孤儿'，那时候我每次都和他们争辩，跟他们打架。打完架以后，其他同学的父母都会来领他们回家，我只有奶奶来领我。

"我每次都会问我奶奶，爸爸妈妈现在可以回来看我吗。奶奶却每次都是流着泪告诉我现在还小，要等我再长大一些才行。其实我知道那是个谎言，但我还是坚信，只要我长得足够大我爸妈就会回来看我，就会回来关心我。

"你知道我后来为了让我爸妈能够回来看我我都做过一些什么蠢事吗？"

江辰转过头去看冉赤若，冉赤若已经屈起身子，双手环抱在小腿上坐着。

"那时候我在课上把课本点燃了，后来差点造成火灾，因为情节特别恶劣,学校一定要我父母回来领我回去。我还记得我妈回来的时候什么都没说直接甩了我一巴掌,那时候我没有难过,反而很开心,因为他们终于回来看我了。

"那次以后,我就总是做很多出格的事来让我爸妈回来看我。有一次课上我挑衅老师并用手机砸坏老师的鼻梁后,学校决定开除我。我爸妈回来一脸悲痛,正当我要开口道歉的时候,我爸说了一句'我怎么会有你这样的女儿,你知不知道我们为你跑回来一次要损失多大一笔生意。'那一刻我才明白我爸妈回来那么难过并不是因为我不成器,而是因为他们损失了很多钱。

所以那时候我把他们给我的钱都扔到他们脸上,叫他们滚,那时候我也才十三岁。"

沙滩上的人群在渐渐散去,带走了所有的声响。江辰想起以前他每次见到冉赤若脸上笑嘻嘻的表情的时候,总以为像她这样的女生应该不会有难过的事情。

江辰看着冉赤若黑色的瞳孔沉默,傍晚的海风仍然带来冉赤若的声音。

"后来我就再也不愿见他们,他们也不回来看我,只是每个月都会往我的卡里打钱。一直到我初三那年,我在网上认识一个男人,他比我大很多,但我们很有的聊,后来我就约他见面。那时候我告诉他我想去做一个歌手,男人说你唱歌那么好听,肯定能成为一个出色的歌手。"

说到这里冉赤若突然停顿下来,她的眼睛依然盯着那片已经黑下来的海,她深深吸了一口气。江辰看见冉赤若脸上无声落下的泪,他以前听人说过"真正伤心的人,哭的时候都是没有声音的"。

"后来我发现那个男人其实是一个靠接近女生骗钱的惯犯。

我却并没有拆穿他，因为我害怕我拆穿他他就不会再关心我了。你是不是觉得我很可笑？"

"我……"

"你不用说，我知道自己很可笑。居然相信一个骗子会真的关心我，所以后来我妈骂我的那句'不知廉耻'其实也没有什么错。那个男人在骗光我的钱以后发现在我身上再也捞不着什么，就对我起了歹念，但我却在被救以后百般维护那个男人。我记得我对我妈说：'就算他是畜生也比你们好，他至少还会骗我，你们却连骗我都不愿意。你们回来一句都没有关心我，你们只关心我被骗了多少钱。'我妈当时气得要死，抬手就给了我一巴掌，骂我不知道廉耻，从那以后我就彻底跟爸妈决裂了。

"你刚刚不是问我为什么要跟我爸吵架吗？"

"为什么？"

"因为我爸妈最近又生了一个小孩，想让我去上海参加满月宴，我不想去，就和我爸吵起来了。江辰你知道吗，如果这个世界上从来没有过关心，其实也不算是太难过的事。我难过的是他们明明可以那么爱我弟弟，却一分也不愿意分给我。"

冉赤若说完把头低下去，眼泪砸在沙粒上，他拿手去轻拍她的后背，想以此减轻她的伤心。冉赤若却只片刻就抬起头，说："其实也没什么，有时候只要自己刻意不去在乎，就没什么。"然后她把头转过来，看着他的眼睛：她"你记不记得我有一次给你发消息问你是否还记得我？"

他们在昏暗光线下眺望着远处的海面，屁股底下的沙粒还有着白天被太阳炙烤过的温热。海浪一层一层涌上来，没过他们的脚背，又退回去，又漫上来。

江辰也一直盯着那片黑掉的海面，但冉赤若那句"因为当初救我的那个人就是你！"却一直飘荡在耳边。

这件事情他只隐约有印象，他记得自己曾在初三的某个下午去找补习班的时候救下了一个差点被侵犯的女孩，但女孩被解救出来的时候身体被被单盖住了，他根本没见过女孩的容貌，更没想到这个女孩会是冉赤若。

海风扑面吹在脸上，带来属于夜晚的冷意，他睁开眼睛，发现自己居然没有关窗。

在墨尔本不同于在彭泽，这里的昼夜温差很大。白天的日光很旺盛，抬头只能看到满目的蓝，这种蓝就像安然当初指给他看的颜料里的那种湖蓝是一样的，带着石质的锋利感在天空里摊开来。但是一旦等到太阳落山，热量就会像掀开了锅盖的锅子一样，迅速升腾消散。到了半夜的时候，温度就会降到，该怎么比喻呢，就像是处在彭泽深秋的早晨。

而此刻的彭泽怎么样呢？她又怎么样呢？

第二十章 坏孩子

那个坏孩子,他在对岸唱着歌,但我找不到通向对岸的船只。

1. 洛青 & 安然

安然正啃着他提过来的青芒果,眼睛看着他手里的刀,说"小心,别拍到手!"而他按着砧板上那滑不溜丢的鱼,怎么也敲不中鱼头。鱼一直在砧板上跳来跳去,安然在旁边笑得乐不可支:"鱼要是懂法律的话,该要告你虐待罪了。"

他伸手再度去抓那弹跳的鱼,嘴也没闲着:"鱼要是懂法律,是不是要告你故意杀害罪。"

"按照那样算的话,那我早就罪该万死了!"安然依然在一旁"咯咯"笑着。

在他终于一刀把鱼敲晕以后,他扭过头看着正在啃芒果的安然:"晚上来我家吃饭吗?我妈一直很好奇我卖鱼的朋友到底是谁。"

安然啃芒果的动作停了下来,洛青看着安然一脸为难的样子,说:"我妈除了人唠叨,脾气很好的。而且我妈说晚上做酒糟腌鱼,去吧。"他央求道。

安然却摇了摇头："我这个样子去别人家做客不太好吧。"

洛青停下来看了安然一眼，然后放下刀，拿起手机正打算打电话，还没拨通，安然就说"你干什么"，他说"我给我妈打电话告诉她晚上你过去"。安然立马过来够他的手机，他把握着手机的那只手举了起来，因为他的个子比安然高太多，安然蹦起来也才过他的肩。

那么一瞬间里，他仿佛觉得眼前的世界变成了一个慢镜头。

安然的脸一帧一帧地在他的眼前浮起，沉下。安然因为干燥已经起皮的嘴角还有脸颊上细微的绒毛，他都看得一清二楚。

他不自觉地抬起了另一只手。

"唉唉，鱼鳞蹭我脸上了！"安然在他面前身子向后倾仰了半步，躲避着他想伸过来的手上的鱼鳞。他蓦然缩回了手，有些不好意思。

"你不用担心，我妈不会介意的。"

洛青一敲门，门立马从里面拉开了。来开门的是洛青的母亲，洛青站在她背后喊了一声"妈"。安然正想开口叫"阿姨"，但还没开口，洛青的母亲就先开了口："你就是小青经常提起的那个同学吧，快快，快都进来吧，外面冷。"

安然看着洛青母亲的笑脸顿时觉得放松下来，在上楼之前她还一直在苦恼见到洛青的父母要怎么样相处才好。

进去以后，洛青的父亲也很热情地主动过来和她聊天，让她差点都有点招架不住，拿眼睛一直去看坐在另一边沙发上的洛青寻求帮助，但是洛青只是坐在沙发上笑着看着她，没有一点要帮忙的意思。

等到做饭的时候，安然看着在厨房里忙活的洛青母亲觉得干坐着挺不好意思，就起身去厨房打算帮忙，洛青的母亲却一直说

"不用不用，你跟小青在外面玩会儿就好"。安然却直接撸起袖子就洗起菜来，洛青的母亲看着安然发出一声感叹："当初要是再生一个女儿就好了，女儿果然是妈妈的贴心小棉袄。"

洛青却倚在门框上说："妈，难道我不贴心吗？"

安然和洛青的母亲都转过头去看着洛青笑了起来。然后洛青母亲就和安然讲了很多洛青小时候的糗事，安然不时捂嘴笑，洛青却在一旁嗷嗷直叫："妈，你怎么这样子，一直揭我老底。"

这种其乐融融的气氛让安然在吃饭间不知不觉红了眼睛，洛青问她怎么了，她赶紧说好像有辣椒进了眼睛里，打算搪塞过去。

洛青母亲听了却赶紧抽湿巾要替她擦拭，在她说了几番"已经好了"洛青母亲才放下心来，那一刻她觉得也只有这样温暖的家庭才会培养出像洛青这样温柔的男生。

吃过晚饭，回去的时候，天都已经黑了，街道两边的路灯亮起来了。

安然站在楼下表示不用送，自己可以搭公交回去，洛青却坚持要送她。

路上安然一直攥着拳头，像是一种防御的方式。洛青走在她身边，直到走到一个上坡，一个男生踩着滑板从坡上下来，速度极快，眼看就要与他们撞上，安然怔住，洛青赶紧抓住安然的手躲向一边，最后男生从他们身边呼啸而去。

感受到安然的手在自己手心里颤抖，是吓到了吗？他顺势把安然的手拉起来，用两只手捂在手心里，轻轻用力捏了一下。安然顿时感受到一股暖意从她的指尖传递到她的全身，她昂起头来看到洛青唇边令人安心温暖的微笑，不知怎么，眼睛瞬间变成一片潮湿的湖泊。

洛青感受着手心里的冰冷，他又往里面使劲哈了一口热气，然后搓动起来。这时两颗滚烫的眼泪却滴在他的手背上，他抬头看到安然已经泪流满面。

他听见安然说："从很久以前，我就很害怕别人会对我好。因为有些东西如果没有拥有过，就不害怕会失去。但是……"但是现在她却觉得她一时拥有了太多东西，她很害怕那背后会有更大的悲伤在等着她。

安然没有再说下去，他心里却已经明了安然想说什么。他抬起手来摸了一下安然的头，安慰她道："不要害怕，我会保护你！"

下了公交以后，安然和洛青两个人迟迟都没有抬脚，最后还是安然开口说："今天谢谢你请我吃饭，你妈做的酒糟腌鱼是我吃过最好吃的腌鱼。"

而洛青也说："我妈要听到你这么说，要高兴死了！"

然后空气就突然又尴尬起来，两个人沉默一会儿都觉得双方没有话再要说，所以安然转身准备走，但在转身的时候，她突然想到一件事，于是开口："那次我被人泼红墨水的时候，你为什么要骗我你家也住在这附近啊？"

洛青愣了一下，就笑起来："要是当初我就告诉你我家在哪，只怕你会把我当成跟踪你的变态！"

安然看着洛青上了公交，她才转身朝着那条长长陡陡的阶梯走上去。

她的鼻子里还停留着刚刚在洛青身上闻到的橙花香味，手心也还能感受到洛青手指的温度。

这个世界上好像还从来没有人跟她说过"我会保护你！"但是洛青这个跟他毫无瓜葛的男生，却每一次都能在她受到欺负很狼狈的时候像天使一样出现,伸出手来拉她一把,让她不至于堕入更深的黑暗里。

但是这些我该要拿什么去偿还呢?

2. 冉赤若

墨尔本的阳光像是从天空里一股脑泼下的一盆金灿灿的颜料,然后滴落在人的脸上,皮肤上发出灼热的触感。

冉赤若站在酒店的廊檐上,探出大半个身子把手伸进阳光里不知道想要去接什么东西。汗水让她的头发粘在脸上,皮肤也在日光的暴晒下泛出白光,她穿一身波西米亚风情的长裙,赤着脚。

江辰看见的时候不知道为什么会想到在清晨带着露水的果子,那么新鲜,那么有生命力。

"你在干什么?"他走过来看着她伸出去的手掌。

"今天过年,我想看看天上下不下雪?"

江辰抬头看了一眼一碧如洗的天空,良久连一丝风也没有,只有明晃晃的阳光蒸腾得人要灵魂出窍。然后他在转身进屋以前轻飘飘地说了一句:"这是南半球!"

冉赤若立即大叫了一声,也跟了上来说:"你真扫兴!"

进了屋子,江辰的妈妈在厨房里煮饺子。看见他们进来就伸出头喊:"江辰,小若,快来吃饺子。"

冉赤若听了高兴地跑进厨房去帮忙,当热腾腾的饺子出锅的时候,冉赤若看着碗里一个个饱满的饺子,她咬了一口,那种温暖的感觉一下就在口腔里弥漫开来,让她差点流出眼泪。

她想着以前在彭泽,年夜饭每年都只有她和奶奶,总是吃得冷冷清清的。每次菜刚上桌的时候，她总是会不自觉地拿筷子去夹，奶奶就会把她的手打开，说"等着你爸爸妈妈一起，他们一会儿就到家"。但每次都是等到饭菜都已经冰凉，她都等得在沙发上睡着了，奶奶才过来把她摇醒，说"你爸爸妈妈今年不回来了，我们自己先吃"。她咽着那些热过的饭菜，却像是在咽着冰块，冷得发痛。

"小若，来，你尝尝这个味道，看看好不好吃？虽然是在国外，我们也要像在家一样过年！"江辰的母亲夹了一个香菇肉馅的饺子递到冉赤若碗里。

她夹起来咬了一口，立马把一整个都塞进嘴里，含糊着说："阿姨，好吃！"

江辰妈妈一听眼睛都笑弯了："好吃，那你慢点吃，别烫着。不够的话就让江辰少吃点，都留给你！"

冉赤若听了一边吃饺子，一边冲着江辰挤眉坏笑，说："好！"

江辰看着她，这次破天荒没有嫌恶她，反而自觉地把自己碗里香菇肉馅的饺子都夹给她。冉赤若没有想到江辰会有这个举动，瞪大了眼睛看着他，江辰却没有理她，只是低头默默吃着饺子。

在被看得久了以后，江辰抬起头来："不想吃就还我！"

"吃，吃！"冉赤若赶紧夹起饺子往嘴里塞，眼睛还是不时往江辰脸上瞟。

而此时室外的温度已经达到了四十摄氏度，空调的机扇在嗡嗡响着，好像把那些藏在心里终年不化的坚冰都慢慢融化，最后化成温热的汗液，沿着皮肤渗透出来。

原来夏天过年，也挺有年味的嘛！

3. 安然

过完年已经一个星期，再过完这个星期就要开学。年后的天气一直很晴朗，足够的日照把菜市里都照得很亮堂。

安然经常在没有生意的时候就伏在台子上一块干净的地方，做着寒假作业。她偶尔也会想起江辰，会想他现在是不是已经从墨尔本回到彭泽，还是依然在墨尔本的某个街头，享受着被异国的风拂过脸颊的感觉。洛青依然会隔两天就来菜市找她，忙的时候会帮她收银，不忙的时候就会教她做习题，有时候晚上如果收摊早的话还会陪着她一起去夜市画画。

这样的生活平静而显得温暖，像是更漏缓缓地滴落下来，然后慢慢地泛着一些涟漪。

今天早上在菜市摆好摊以后，天却突然下起了雨，雨打在铁棚上，发出噼里啪啦的声音。一直明亮的菜市，突然浸在一片昏沉里。

而也因为下雨的缘故，从早上起来买鱼的顾客就很稀拉，所以安然就一直趴在那块干净的台子上没有抬过头，一直盯着那些文字像蚂蚁的习题发呆，心里想着今天下雨到底去不去夜市画画。

在她纠结了半天没有结果的时候，洛青却撑着伞穿过菜市场的泥泞走了过来。

"老板，今天鱼还卖吗？"掺杂了春风的声音随着天上的雨一同落地，砸出清脆的响声。

她抬头："卖啊，请问您要买什么鱼？"

话音刚落，两个人就不约而同笑起来。

她想不起来这是年后她第几次见洛青。她昂着头看着他，洛青一只手拿伞，一只手放在口袋里。而他的身上穿着一件黑色的长羽绒服，里面穿着白色的高领毛衣，羽绒服是敞开的，从下面的视线看上去，他真的又瘦又高，还带着一种干净温暖的力量。

"今天下雨你怎么有空过来？"

洛青没有回答，只见他微笑着开口："安然，你过来！"

她趴在那已经被她压皱的寒假作业上没有动，依然昂着头，只是茫然地看着。

"你过来！"洛青又说。

她站起来绕过水池，走到摊子外，头顶的铁棚檐正往下滴着雨，雨落在地上，那水泥地上有一排小小的洞。她就站在以那排洞为交界线的后面。

"你伸手！"声音做足了神秘的腔调。

她知道洛青肯定又给她带了什么奇怪的东西。从他第一次带给她糖果以后，后来他每次来，都会从口袋里掏出一些她喜欢的小玩意给她。而每次给她之前，洛青都会神秘兮兮地跟她说"安然，你伸手！"然后她就会配合他乖乖伸出手去，并且跟他开玩笑，"你的口袋不会跟哆啦A梦是同款吧！"洛青却并不会回答，他只会在张开手后问她"喜欢吗？"

她会站在原地疯狂点头，原来那些她跟他说过的很细碎的话，他都记下来了。然后都把它变成惊喜送给她。虽然有时候只是一颗青芒口味的糖果，有时候是她无意跟他说过某个画家的画册，但这些都足够让她感动一整天。

她有时候会想，如果这个世界上真的有天使，她相信，洛青一定会是天使变的。不然为什么他总是能这么温暖，这么好。

她记得有一次，她莫名其妙地问洛青："你有翅膀吗？"洛青

第二十章 坏孩子

一脸疑惑地看着她:"什么翅膀?"

"听说天使都有翅膀,你有吗?"

洛青看着她,抬头想了一下说:"我把我的翅膀借给了一个女孩,我希望她可以飞翔!"

她不知道那个女孩是谁,但她知道那个女孩肯定也会像她一样感受到幸福。

她伸出手来,雨水顿时落在她的掌心里。洛青也从口袋里拿出手,握成拳,伸进雨里。

只见他把拳头伸到自己掌心上,然后轻轻地张开:"安然,我现在把我最贵重的东西给你,希望你可以喜欢!"

她静静地等待着洛青张开手指,但等洛青抽回手的时候,除了落在掌心里的雨,什么都没有!

"你给了我什么?"安然抬起头,眼睛里是洛青被雨幕隔绝的脸。

"你猜?"还是那样温柔如风的声音。

安然在看了他几秒后,突然也握起拳来:"你也伸出手来,我也给你一样东西。"她敛起眼里玩笑的光芒。

洛青把手伸向她:"你要给我什么?"

"你猜?"

4. 江辰

江辰从回到彭泽以后,就经常坐在书桌前发呆,而母亲自从回国以后就一直在家擦擦抹抹的,说这刚从夏天回来,又要裹上羽绒服真的是不习惯。偶尔还会提及冉赤若,说那个孩子真不错,长得又漂亮,又会逗人开心。

他在房里一言不发，依然还是会看着自己放在桌子上的手机，有时候手机屏幕突然亮起的时候，他眼里的光芒也会跟着突然亮起来，而在打开手机以后突然又暗下去。

　　他回到彭泽已经一个星期了，而明天就要开学。他回国的那天给安然发消息问她最近过得怎么样，但是安然连着他出国之前发的消息一起都没有回复他。

　　所有的一切真的就这样结束了吗？他有些失落地想。

　　他转过头望向窗外的蓝天，跟墨尔本的天空比起来，彭泽的天空像是褪了一层色。当时在回来的路上，他看着车窗外那些光秃秃横伸在空气里像老人骨节一样的枝丫，他觉得自己虽然出国十天不到，却仿佛像是离开了一个世纪那么久。

　　而在墨尔本的那些记忆，有时候他闭上眼睛，那些细枝末节仍会浮进他的脑海。

　　就像在墨尔本他经常看见冉赤若会在后半夜一个人跑到沙滩上去抽烟，她光脚踩在沙滩上，面朝着海面，听到他走过来，她也没有转头，只是说："要是我妈现在知道我在哪，不知道会不会发疯？"然后她轻轻笑起来，但是他却知道她哭了。

　　他没有讲话，只是从冉赤若的手上接过那还在燃着的香烟抽了起来，烟气一入喉，他就被呛得咳嗽了起来。

　　"很奇怪吗？"看着冉赤若用一脸诧异的眼神看他，他问。

　　冉赤若点点头，又摇了摇头："不，可能这个世界上有两个江辰，一个江辰是优等生，而另一个江辰只想当一个坏孩子。但是……"

　　"但是什么？"

　　"但是你永远也成不了一个真的坏孩子。"

　　这句话就像当初安然说过的一模一样："你永远也成为不了

一个真的坏孩子!"

"为什么?"他有点生气。

"因为你没有足够的勇气!"冉赤若又从他手里接过那支香烟,很娴熟地抽了起来。

海风把冉赤若的头发吹得有些凌乱,他在一旁看着她,他觉得自己有些时候讨厌冉赤若是有原因的。

就像现在,她像一个拿着刀的人,朝着他身体最脆弱的部分狠狠地刺进去,然后再轻轻地拉出来,却告诉他这并不疼。

其实冉赤若从第一次闯进他生命的时候就一直带着刀,无论是她冲他吹口哨,给他写情书,还是在路上拦住他的车,还是现在她跟自己父母吵架,只身一人跑到墨尔本来。这些事情都像是锋利的刀,在他身上深深浅浅地捅着。

因为他永远没有勇气像她一样做这之中的任何一件事。

与其说他是在讨厌冉赤若,不如说他是在讨厌自己!

第二十一章 小丑

你一直都不曾对我微笑过，而我却为失去你的笑容而难过。

1. 安然 & 江辰

已经开学一个星期了，安然还是坐在那个最后排的位置上。

她会不由自主地去打量周围的一切事物，就像当初刚刚进乔木高中的时候，会用新奇的眼神去探索眼前的一切。

而在她的探索下，她就发现莫苒已经把她的长发偷偷烫了卷，还染了颜色，在阳光下，会泛出栗色的光芒。

而其他同学就比如江辰。她觉得过了一个新年，江辰似乎又长高了一些。但这些细微的变化只有很长时间没有见面的人才会发现。

在江辰偶尔转头的时候，她还会看见他脸上因为过度暴晒而留下的褐色晒伤。她在心里不难想象澳大利亚夏日强盛的日光是怎样肆无忌惮地炙烤着江辰的脸。

似乎是感受到了她的目光，江辰直接把头转向后面，穿过过道看向她。在那一刹那她的嘴角扯起了一个微笑。

江辰在看到这个微笑以后，却觉得有些无措，他不知道该以什么表情去面对,所以他快速地转回了头。

那个微笑,让他觉得安然好像在没有他的世界里,活得更加恣意开心。安然是从泥泞里开出的花,自身带着一种倔强和坚强,不会轻易对生活和苦难低头。而自己不过是一个包装精美的空壳,跟安然比起来像是一个可笑的存在。

放学的时候,江辰单脚撑地,一只手放在扶手上,抬头望着头顶上那个漫长的红绿灯。

"江辰!"这时他听见有人在叫自己的名字,声音好像是穿越了高山湖泊和丛林,从很遥远的地方传来的。

他以为是错觉,所以他转头朝着路边看去,安然正好踩着斑马线朝他走过来。

"有时间吗?"在红灯跳成绿灯的那一秒安然问他。

开学已经是二月份,但是依然冻手,他推着单车和安然并肩沿着马路慢慢走着。

一路上安然跟他说了许多话,他在一旁安静地听着,偶尔也会接一两句茬。但他看见安然泛着光的神色,觉得她真的变了。以前安然没有这么喜欢说话,走路的时候也喜欢低着头,还有她眼睛里的光芒,以前安然每次看向他的时候,他都觉得有股湿漉漉的感觉。

现在的安然身上好像飘浮着一层若有若无温暖的气息。

"你上次比赛的视频我看到了。"安然突然把脸扭向他这边。

"是吗?"

其实她也是偶然的机会看见的,之前洛青去医院跟她提过一回,她没在意,后来在家跟母亲看电视换台的时候刚好看到,还有最后那一番他对她说的道歉的话。

"其实你没必要特意跟我道歉的,我根本就没怪过你。而且后来要不是你帮我，我妈的医药费可能都续不上了。"安然微笑着。

他却沉默下来，跟安然又走了一阵，安然还是在自顾自地说着话。

在多年以后他回望这一天的场景的时候，他依然觉得心口被塞了一块巨石，压迫得他不能喘息。

在春天的气息逐渐逼近的时候，安然走在他的身边，他明明有那么多次机会转头对安然说一声："安然，我宁愿你怪我，那我就不会觉得我们相隔那么遥远。"

但他什么也没说，只是任由那些情绪在心里发酵。就像是新鲜的青芒果，最后慢慢地腐烂在枝头。

而我们的青春也是在这些沉默里慢慢走向溃败腐烂的，在后来都变成眼泪，沉甸甸地浮动在眼眶里。

风把云层吹得在天空里翻滚，安然说了一声"好啦！"他抬头就看到公交站在前面不远处。

他停下来，安然也在跟他说了"再见"以后就准备走，但在走了几步又回过头来："江辰，我真的很开心能和你做朋友。以前我在乔木高中一个朋友都没有，你是我的第一个朋友。"

"为什么？"

安然以为是风太大江辰没有听清，又说了一遍："我说你是我在乔木高中的第一个朋友。"说完安然就转身跑了。

他一直定定地站在那里，看着安然跑上公交，然后公交车载着安然离开他的视线。很久以后他才推着单车在路上慢慢走起来。

昨天的天气预报有说过会刮风吗？为什么现在风刮得这样猛烈，就像安然的话一样在他的心里来回激荡。

最后他轻轻呢喃了一句:"朋友吗?"

2. 冉赤若 & 洛青

冉赤若手里捏的两张科技馆的门票已经皱成了一团,她蹲在路边无声地哭泣着。从她身边路过的人看着她因为哭泣而略微颤抖的肩膀,都想上前去安慰几句,却迟迟没有移动脚步,最后都变成了默然地从她的身前走过。

今天放学冉赤若想找江辰一起去科技馆看展览,但一下楼就看见江辰骑着车走了,她一路追赶他,最后却看见他和安然走在一起。

她跟在他们身后,江辰推着单车和安然在路上很慢很慢地走着,江辰会经常转过脸来对安然微笑,风偶尔会吹开江辰额前的头发,这让江辰的眼神在看向安然时也显得格外温柔。

明明她和他们还隔着一段距离,她却连这些微小的细节都能看见。

那样并肩而行亲密的背影,还有他们之间彼此缠绕的眼神,都在她的脚底长出刺来,让她再难往前迈一步。

"为什么?"她慢慢蹲下去,腔调发哑。

为什么我做了那么多,安然只是轻飘飘地出现一下,就把我的一切努力都碾落成尘埃?

是因为不被爱吗?对呀,自己从小时候就不被爱,我早该明白的,但为什么就是不愿意死心呢。不愿死心地以为,只要我坚持,总有一天我会跨越那些山峦到达你面前,甚至是到达你心里。

想着想着她突然又哈哈大笑起来,眼泪和在笑容里,却比黄连还苦涩。

江辰，在你的眼里我是什么呢？是不是一个一直在你门外徘徊，还沾沾自喜的小丑。

自喜你看我的眼神不再那么锋利，自喜你会轻拍我的背安慰我不要伤心，自喜你会主动把饺子夹给我，自喜地以为我已经靠近了你……

其实你一直都不曾对我微笑过，而我却为失去你的笑容而难过。

在哭得心脏都快麻痹的时候，周围的灯火已经浮动起来，她的脚也因为蹲得太久已经没有知觉。她抬手抹了脸上残留的眼泪，就干脆在路边上坐下来，把手里那两张已经被她捏皱的门票一点点抚平，却在一抬头时看见洛青正居高临下地看着她，一副胜利者的姿态。

"你肯定是来嘲笑我的。"

洛青摇了摇头："我不是来嘲笑你的。"说完他走过来安静地坐在她身边，和她一起看着路面上的灯火起伏。

在一辆车疾驰而过，留下白色的尾气在空中消散的时候洛青问她："你为什么喜欢江辰，难道真的是跟别的女生一样，因为江辰长得好看？"

"放屁！"她脱口而出，然后转过头看着洛青，"我又不是那些肤浅的女生。"

洛青也转过头来看着她，脸上一副难道你不是的表情。

她懒得解释，讥讽回去："反正你看上那个丑八怪肯定不是看上了她好看。"

果然，洛青的脸色一下变得不好看，片刻以后她听见洛青说"对不起！"冉赤若只是笑了笑，说"听到你们这种人说对不起真的挺难的"。

然后冉赤若抬起了头，幽蓝的夜空中，刚好有一架飞机闪着雷达灯光飞了过去，轰隆隆的声音把周围的其他声音都盖住了。

洛青看着冉赤若头发垂落后的侧脸，他以前看过一句话："喜欢抬头望天的女子都是因为寂寞。"他觉得冉赤若不是因为寂寞，她只是为了让眼里的泪不会那么轻易流出来。

这个世界上所有悲伤的故事好像都是大风刮来的，然后在一瞬间就眯了所有人的眼睛。

就像冉赤若跟他说她曾经为了寻找江辰，在彭泽所有的中学的贴吧里发起了一个"寻找江辰"的悬赏帖，那个帖子一下在各大贴吧里火起来，而她每天都能收到上百张"江辰"的照片，她就从那些陌生的面孔中一张一张地去寻找他的脸。有时候她怕漏掉一张没看就错过他，就会又从头一张一张看起。

而且那时候她每天都抱着手机，每次手机屏幕一亮她就高兴地想"这次肯定是他"，但是一打开手机她就被泼了一盆凉水。那个帖子最后慢慢冷下来，很久很久都没有人再跟帖，所以在她心灰意冷打算关帖的时候，却突然有一个人在帖子最底下附了一张照片，说这是我们班的学霸江辰。虽然只是一张侧脸，她却一下就认出那是他。后来她就通过那个楼主知道了关于江辰的一切，就连江辰想要考乔木高中这种事都知道。

冉赤若说完的时候脸上并没有任何难过的表情，她只是大呼当时为了这个悬赏帖害得她差点只能去吃咸菜咽馒头。

洛青没有动声色，但在闪动的光线里，他还是能看见冉赤若心里那些一触即发的失落和难过。即使像冉赤若这样明媚得如同火焰的女孩，也会在路边独自哭泣。也许每一个人的坚强，也都是装出来的呢。

他在心里这样想着，然后开口："我们的合作还没结束，只要你想，我依然可以帮你。"

"你怎么帮我，难道把江辰绑起来，逼着他喜欢我？"冉赤若转过她的头，开起玩笑来。

"如果这样行得通的话，也可以！"他也顺着她的玩笑说下去。

说完两个人都突然笑了起来。笑完以后周遭的空气又静了下来，洛青盯着冉赤若伸在路面上的腿说："真的不再试试了吗？"

冉赤若看着路上的灯光有些迷茫，还要再试吗？

3. 江辰 & 冉赤若

江辰有些时候觉得时间似乎是跳跃的，就像是开学已经过了一个多月了，他却记不起任何细节。

那些记忆好像是被流水带走了一样，哗啦啦地直接从教室里淌过去。

而被流水一同带走的除了记忆好像还有别的东西，每次他都说不明白被带走的到底是些什么，但是感觉有些东西就是不复存在了。

就像以前班上聒噪的人群，这学期却好像被突然消音一样。以前总喜欢回过头来问他问题的莫莘，这学期也从来没有转过头。就连冉赤若也寂静下去了，不但没有经常来缠着他，就算他们偶尔一起走路的时候，她也经常不说话，只是抬着头看着天上的云，一副很悲伤的样子。

所有的人好像都在一瞬间沉默下去了。

在每一次他回头的时候，他只能看见安然沉没在书堆里的头顶，还有偶尔她看着窗外时那种辽远的眼神，好像眼睛看着的不是眼前，而是很远的地方。

这时他总是会想起安然当初写在扉页上的那句话，不知道为什么那句话总像一根针一样扎在他的心口让他很难受。

他望着悬在天际就快沉坠下去的落日，他推着单车随着人流缓缓地往校门口走去。在快走到校门口的时候，他难得还能看见冉赤若像以前一样在校门口等他，看见他走出来，就拼命地蹦起来向他招手。

他快步向她走过去，她迫不及待跟他说步行街有一家新的甜品店开业，推出了很多新品，邀请他一起去尝试。

他拒绝的话已经到了嘴边，却在看到冉赤若眼里高兴的光芒的时候又咽了下去，最后开口说："走吧！"

冬天已经渐渐褪去，那些蛰伏在家的人都已经出来走动。天还没黑，街上已经很热闹。

他们在嘈杂的人群中慢慢地穿行。江辰看着眼前攒动的烟火气，竟也觉得很自在。

他松开自己紧绷着的神经，一转头就看到冉赤若啃着糖葫芦说："就在前面了。"

走着走着冉赤若突然说这附近有一家特别好喝的奶茶店，江辰还没有来得及反应，她就已经朝着奶茶店的方向跑去。江辰有点无奈，但还是随着她的脚步也往奶茶店走去。

没想到奶茶店的生意异常火爆，冉赤若一头扎进排队长龙里，他在一旁等待。盯着那些已经渐次亮起来的广告灯牌，他的眼神也由近及远地向外延伸，直到他的眼神在人群里捕捉到两个熟悉的身影。

他静静地站在那里，周围的喧嚣好像被逐渐抽离，整个世界里只剩下他和眼前那对人影。他看着洛青用手轻轻地擦着安然脸颊上沾染的颜料，而安然只是仰起头一边笑一边和洛青说话。顿时他觉得他们的每一个动作都在这个空间里无限地被放大，放大，再放大，直到达到他心脏难以负荷的程度。

冉赤若买好了奶茶，她说"好了，走吧"，江辰却怔在原地根本没有动，她随着他的目光望过去，随后心脏颤动了一下，果然看见了吗？

"要不今天……就不去甜品店了。"冉赤若在江辰后面声音很小。

"是在前面吗？"

冉赤若"啊？"了一声，然后点头。但是她发现自己是站在江辰的身后，江辰根本就看不见她点头，然后她说了声："是。"

"那走吧。"

小时候有一次江辰跟着父母去电影院里看电影，他清楚地记得在电影落幕的时候，屏幕上有个男人在一片空白的场景里独自号啕。那时候他还不理解这个世界上到底有什么样的事情，会让一个人这样哭泣。

而他刚刚站在奶茶店门口的时间里，他似乎顿时明白过来。

第二十二章　遇见

佛说：前世的五百次回眸，才换来今生的一次擦肩而过。

那我们是不是在前世眼睛都眨累了，才在今生有这样的遇见。

1. 安然

安然有时闭着眼睛会想，他们曾经逝去的那些岁月会不会在另一个时空里继续存活着，每一帧都像电影一样被保留下来。抑或她们就是别人留下来的影像，她们只是朝着那个既定的结尾奔去罢了。

最近总是会有这样的怪念头，她赶紧用手拍了拍脸，想让自己清醒一些。这时江辰却抱着一摞作业本从外面走进来，进来时江辰抬头看了她一眼。

不知道为什么现在只要她在教室里，江辰就会经常在不经意的时候像这样看她一眼。

那眼神就如同苍茫浩瀚宇宙中的一颗古老的星辰，在黑暗里独自穿行了几亿光年孤寂的时光后发出来的光芒。那光芒投射到安然的脸上。但是那光芒还没触及到安然的脸就已经开始漫延，最后变成像潮水一样涌动过来的忧伤。

高二下学期的时光仿佛坐了火箭一样跑得飞快。她现在基本上每天晚上都会去夜市帮人画肖像，也卖一些自己画好的作品。

因为她要攒钱还江辰的钱，也想攒钱去考美院。而且最近余老师还告诉她有个美术比赛在上海举行，而这场比赛的主办方是各大美院，如果赢了比赛，可以获得美院直招的名额。

她一直在犹豫要不要去参加比赛。参加比赛需要报名费，而且主办方要求作者携作品一起前往上海参赛，那还需要路费和住宿费，所有的费用加起来最起码要5000块。

"哎！"她叹了一口气，把画笔放在水里使劲地清洗着。

"想什么呢？"洛青把一个剥好的红薯递了过来，正看见她愁眉紧锁的。

"没什么。"安然接过红薯问他："你们高三最近都不忙吗？为什么总有空来看我啊？"

洛青告诉她可能是临近毕业了，班上的老师怕给他们太大的压力，所以老师都鼓励他们劳逸结合。

安然只是"哦哦"了两声继续啃着红薯，直到晚上收摊的时候她都一直像是有心事。洛青看在眼里，一直很担心。在收东西的时候他拉住安然的手问是不是发生了什么事。

安然看着洛青眼睛里担忧的目光，才松口告诉了他美术比赛的事情。

洛青转忧为喜："安然，你一定要去参加，那是你的梦想，不是吗？"

安然低下了头，那的确是她的梦想没错，但是……

"安然，你相信缘分吗？"洛青在她低下头的瞬间，突然开口。

夜市已经逐渐空旷,他们坐在花坛上,晚风不时拂过,洛青讲的那个故事还在她的心里像线圈一样一圈一圈地绕,最后她终于开口:"你以前为什么从来没有和我说过啊?"

"我跟你说过的,那次在馄饨馆还记得吗?"

安然恍然大悟,怪不得以前她总是觉得对洛青有一种熟悉感,原来他们真的早就相识了,只是时间过得太久,她已经忘却了那段往事,而他还仍然记得。洛青告诉她,当时要不是因为有她的帮助和鼓励,也许他还是一个胆小懦弱而受人欺负的男生。他希望她也能够鼓起勇气踏出这一步。

但安然还是吸了一下鼻子:"参加比赛需要报名费,到时候去上海还有路费和住宿费。"她顿了一下接着说,"你也知道我是个穷人,我家也是那样的情况。我还顶讨厌做个穷人的。"说完她咧嘴笑。

这个笑在还略微带着冬季寒冷的天气里显得有些单薄。

"那你想去参加比赛吗?"

"当然想。"

"如果你想去比赛,那你就只想比赛的事,参赛的费用我可以帮助你啊。"洛青说话声音总是很温柔很轻,却莫名很有力量。

看到她还在犹豫,洛青说:"你不用觉得不好意思,参赛费用算我赞助你的。如果你赢了比赛,考上美院的时候,多画几幅画补偿给我吧。"

"洛青……"

"嗯?"

"谢谢你!"

"谢什么!"

我们存在的这个微茫世界,一辈子会有多少机缘遇见一个人两次呢？也许一辈子连一次机会都没有吧，而我们的这些遇见，到底会怎样来结尾呢？

她想不明白，所以她只是茫然地在路上走着，却看到前面的灯光里，一个人跌跌撞撞地向她走来。

她想躲开，却在一片酒气里看到江辰那张熟悉的脸，还有她听见他叫她的名字。

"安然！"

2. 江辰

江辰漫不经心地在路上走着。

吃过晚饭后他跟母亲说要出来散会儿心，母亲看着儿子一脸忧郁的样子，犹豫了半天说"我陪你一起"，江辰说"那算了，我不想去了"，母亲这才一万个不放心地让他出门并且出门，还不忘叮嘱他别走远，早点回去。

没想到走着走着竟然走到步行街来了。这些日子那些他不曾在意过的回忆在脑海里串成了串，像洪水一样向他扑过来。洛青故事里的女孩，安然口中的"朋友"，还有那个突然绽放让他觉得无措的笑容，顿时全部窜到他的脑海里，让他停下脚步来，站在步行街的入口，望着里面穿梭的人群。

以前他总在想洛青喜欢的女孩到底是什么样，会不会也像安然一样，像一株倔强生长的花朵。他还记得那时他还鼓励洛青勇敢一点，现在想想觉得有点好笑。最近他一直觉得安然变了，现在一切也清明起来，那层温暖的气息跟洛青是一模一样的。

果然，安然在离开他的世界后，过得更加快乐。

他在几次抬起脚又放后下，还是没有勇气踏进来，最终他转身往回走。

他想起他做的那个梦,梦里安然站在渡船上,而渡船在江中心。安然在渡船上向他招手,喊道:"江辰,你不上来,那我走喽!"

而此刻他应该就是站在江岸上,看着渡船把安然一点一点带离自己的世界,而他却只能手足无措地看着脚底的滔滔江水,无论如何也不能跨越一步。

他低头闷声走着。

路的对面有一群人骂骂咧咧的。他皱了一下眉,扭头往路对面看了一眼。

但是这一眼让他在那群人中捕捉到一张清晰的脸,微微闭着的眼睛上有如同烈火一样的眼影,她一根手指指在一人的鼻尖上,骂道:"李航,你他妈就算再投一百次胎,我也不会喜欢你!不会喜欢你!哇……"然后那张脸突然俯低身来吐得稀里哗啦,另一只手上还拎了一袋啤酒。

冉赤若吐完抬头,在人群里看到江辰的那一刹那,她本来已经有点发晕的脑袋一下清醒过来。此刻她最想的就是拔腿就跑,脚底却像生了根怎么也抬不起来。她只能就这样隔着人,与江辰对峙着。

江辰眼睛像是被人泼了一桶墨一样,在里面看不到一点光亮。他只是以一种僵硬的姿势开口:"打你电话为什么不接,我找了你好久!"

江辰看着眼前这一群穿得很痞气的男生,他不认识他们,但大概也能猜到他们的身份,冉赤若在校外有很多这样的朋友。就像高一的时候,经常会有这样的男生拦住他的车,揪着他的衣领问他:"你为什么不喜欢冉赤若?"本来他想这是冉赤若自己的事情，但是看见她醉成这个样子，他横了一下心。

"回去吧！"他越过人群过来牵住她的手，想要拉她走。

但是冉赤若只是怔怔地站着，眼睛盯着江辰拉住她的那只手，眼里泛出泪光。

这时候那个叫作李航的男生走过来，粗鲁地打开了他们的手。然后一副凶狠的样子："你就是那个江辰吧！阿若不是说你是好学生吗？好学生这么不懂礼貌啊，随便就打断别人说话！"李航说得咬牙切齿的，仿佛他跟他之间有什么深仇大恨。

江辰抽回被打得有点发麻的那只手，就感觉有一股劲风往自己的肚子上去。他反应未及，一个人影就冲过来拦在他的面前，啤酒罐在地上滚得到处都是。冉赤若像是保护小鸡不被老鹰抓走的母鸡一样，双手张开护在他的身前。

"李航，你有毛病啊！"冉赤若骂道。

李航及时刹住了自己的手，他又扬手想要打冉赤若，但是手扬到空中的时候，他骂了一声："妈的！"又收回了手。随即他转过身去，奋力地握拳，能听见指关节咔咔作响的声音。他一脚踢飞了一罐啤酒，因为用了狠劲，啤酒被踢得老远，一路旋转着，最后在大家大气不敢出一声的情况下颓然停住。

只见李航又转过身来："什么狗屁好学生，就他妈是个胆小鬼，你居然喜欢这种除了脸好看，就会念点书的花架子！"

"我就是喜欢这种花架子！李航，你今天要是敢打他，你以后就别想在彭泽混下去。"

冉赤若看着弯着腰在地上捡啤酒的江辰。看着他细长的指节轻轻地握在啤酒罐上，那种透明的质感，就像当初她在车窗里看见他时那样。他永远都那么干净，好像在泥潭里滚一圈也不会沾染任何尘埃。她有许多话想跟江辰说，但是憋了许久，最后开口只有一句:"你怎么会在这里?"

因为她知道江辰绝对不会是出来找她的,尤其还是在晚上。

"出来散心!"江辰式淡淡的语气。

"散心?哦……"她一副恍然大悟的样子,之后就没有说话,只是安静地坐在路沿上,脸上刚刚被李航打的地方火辣辣地疼。

李航在她说完那句话以后,更加气愤,一把把她拽开就要朝江辰脸上凑过去,情急之下她只能推开江辰,那一拳直接落在她脸上。

骨骼与骨骼相撞的声音清晰地在空气里响起,她用手抹了一把嘴角流出来的血,怒视着李航:"你闹够了没有,我说了不会喜欢你就不会喜欢你。"

李航走后,江辰打算带她去医院,她摸了摸痛处就说没事,以前跟人打架的时候,像这种都是小伤。

看着江辰把所有的啤酒捡起来,装在袋子里,她把眼神收回来。

"怎么一个人跑出来喝酒?又和你爸妈吵架了吗?"江辰突然问她。

她眼睛转了一下,说:"嗯!"

"一直吵架也不是一个好办法,有没有想过跟他们谈谈?"江辰把啤酒连着袋子放在冉赤若的脚边,然后也坐到她旁边。

"不想谈,爱怎样怎样。喂,你喝不喝酒?"冉赤若从袋子里拿出了一罐啤酒递过来。

他没伸手,冉赤若又抬了抬手。在冉赤若晃动的手腕里,他突然想起冉赤若在墨尔本对他说过"因为你没有足够的勇气",的确太多时候他都太缺乏勇气,无论是很早以前母亲把手里的小狗拂落在地的时候,还是后来在学校里母亲当着他的面质问安然的时候，如果这些时候他勇敢了的话，也许他就不是现在的他。想到这里他觉得有点气闷，顺手就接过了冉赤若手里的啤酒。

两个人在路边喝着喝着，不知不觉就把袋子里所有的啤酒都干掉了。冉赤若已经喝得有点不清醒，不时倒在他腿上咯咯地笑，然后又嘤嘤地哭。

他的脑袋也有点发晕，幸好他趁着自己还留有理智，在路边拦了一辆计程车，问了好半天才问出冉赤若的家在哪里，最后计程车载着冉赤若远去。

留下他在空旷的路面上，望着头顶被树叶遮蔽的灯光发呆。

家在哪边呢？他往路的两头望了一下，不知道该往哪里走。但在迷蒙的眼神里，他看见一个熟悉的身影向他走过来，然后越走越近，越走越清晰。

但他觉得这肯定是梦，所以他一把抓住那个人影，就想往怀里拉，人影却后退了一步喊了一声"江辰"。

在后来的十年，他经常会回忆这一天他到底对安然说过些什么，但是无论他怎么去回忆，他能记起的只有安然这段话：

"喜欢都是你们这种好出身人家孩子的游戏，你们想喜欢谁就喜欢谁，就要让别人也喜欢你们。你们可以潇洒，可以任性，过后你们的生活轨迹还是不会有什么改变，你们依然会过上属于你们该有的人生。可我跟你们不一样，我要为一日三餐发愁。江辰，你为生活发过愁吗？你知道厕所和厨房连在一起是什么味道吗？那些所有你觉得猎奇和让你觉得冲破牢笼的东西，都实实在在是我的生活。每年新年许愿的时候，我只有一个愿望，就是想要过平凡幸福的生活，但是看起来都那么困难。"

他想也许这真的是一个梦，一个终年做着，希望醒过来的时候，有人告诉他这一切都不是真的梦。

但是，这是他们活生生的青春。

3. 洛青 & 江辰

我们总是在经年以后忘却很多的事情，但那些青春时代的记忆却像是烙在身上的烙印，只要一摸，就能摸到它留在你身上的疤痕。

高三已经到了最后的阶段，那些以前觉得可以随手丢弃的时间，现在一分钟都想掰成两半来用。那些以前不愿意记的英语句式、化学方程式现在也都如同飘浮在空气里的氧气，少记住一个就仿佛被要了半条命。而那些以前在高一高二没有感受过的压力，现在就如同乌云一样密布在教室的上空，让人无法喘息。

这样晦暗的岁月，我们不知道我们在后来的日子里为何会如此怀念。

洛青刚从教室外面回来，就看到自己桌子上躺着一沓刚发下来的试卷。他叹了一口气坐下来，这样的日子应该只有一两个月就结束了吧。

他理好试卷放回桌洞，手指刚好碰到了里面的钱夹，他往里看了一眼，钱夹里安静地躺着 2000 块钱，但是离 5000 块还差了许多。

"该怎么办呢？"直到放学的路上他都一直在想，是他亲手点燃了安然的希望，他绝不能亲手又让它熄灭。

江辰一直低头骑着车，却在猛然抬头的时候差点撞到一个人，等他看清那个人的脸的时候，他有点想掉转车头逃跑。

那个人却微笑着和他打招呼，他愣在车上不知道是该回应好还是沉默好。两个人的眼神仿佛在空气中拉出一道滋啦啦的火花,然后他下了车。

自从他上次在夜市看到那一幕以后,他就会刻意避开洛青。不是因为尴尬,而是因为他不知道该如何去面对,以前他不知道洛青喜欢安然,他还可以跟洛青相处,现在莫名觉得像是两个情敌见面一样。

其实他一早就该发现洛青喜欢安然的,就像上次安然向莫苒扔饭盒的时候,洛青看见跑得比自己还快,还有那次在夜市莫苒她们找安然的茬,也是洛青保护安然在替她解围。

但自己为什么会忽略了这些细节呢?

两个人在长久的静默中慢慢地走着,最后还是由洛青打破了沉默:"你都知道了吧?"

"嗯。"他点头,心却突然往下坠了一个高度。

"那次放学我就想告诉你的……但是……"

"没什么的……"他勉强挤出一个还算明朗的笑容,但是洛青依然还是向他道了歉。

洛青站在他面前,脸上看不出是沮丧还是难过的表情,最后他终于开口:"江辰,对不起,但是你能借我点钱吗?"洛青停顿了一下,又立马说:"安然马上要去参加一个美术比赛,如果她能赢了比赛,她就可以获得美院直招的名额,你知道那一直是她的梦想……"

"你想借多少?"

"三千,我还缺三千。"

"好,我明天下午拿给你。"

"谢谢你!"洛青的脸上立马露出开心的笑容。

心坠落的时候听不见任何声响,就像有些眼泪你甚至都看不见泪水,但是它已经在心里泛滥成了灾难。

4. 冉赤若

因为年少,我们不懂得代价,所以我们从来不会掩藏自己的情感,无论是喜欢,讨厌,或者憎恨,我们都分得明明白白。

冉赤若早早就在停车场的拐角那等着江辰,但她看见的是一个消瘦了许多的男生朝她走过来,她的眼神痛了一下,然后开口:"你找我什么事?"

因为昨天晚上江辰主动给她发消息:急事找你,明天停车场见。

江辰犹豫了一会儿,才说:"我想找你借钱。"

"多少?"

"三千。"

"好。"

"我今天就要。"

"好。"

"你不问我为什么借钱?"

"不用问也知道。"

的确不用问,她也能知道。但是人有的时候就是不愿意相信那些已然有了答案的事情,总觉得也许不是自己想的那样呢。

冉赤若在把钱交到江辰手里之后,看着江辰飞快跑走的身影,不是那样的对吧?

在洛青走过来之前,她率先捂着嘴从楼梯上跑了下来,但还在楼梯上她的眼泪就已经流了下来。

在楼梯上她清楚地听见江辰对洛青说:"不用告诉安然这钱是我给她的,你也不必还我,我一直不知道怎么帮助她,如果你能够做到，我也很高兴。"

我曾经执着地相信，如果我不放弃，我就一定能打动你。但是为什么这世界上的爱，无论是爸爸妈妈对弟弟的爱，还是你对她的爱，都不能匀一点点给我。

那些滚滚而下的泪水，最后干涸掉，只在脸上留下两道泪痕。她掏出手机，在通信录里找到一个陌生的电话号码，然后啪啪啪发送一条消息过去。

"你让我不要找那个丑八怪的麻烦，我已经答应你了。你为什么还来找我？"短信秒速回过来。

而她看了短信以后什么也没说，只是在手机里勾选了一段视频发送过去。

视频的内容是一个女生在晚上被人拖到巷子里去被按在墙上打，而视频的结尾还有一个漂亮的女生出现在镜头里，对着镜头十分嚣张地笑道："这次就随便给她点教训好了。"

然后她再键入了一行字：如果你不愿意，我也不知道这段视频最后谁会看到。

在手机的那头莫莘的脸色苍白如死，当初她为了报复安然却没想到那群混混里有认识冉赤若的，居然把这段视频拍下来，发给了她。

"这次你要我做什么？"

在冉赤若收起手机的时候，她想起上次在奶茶店门口江辰看见安然和洛青时脸上痛苦的表情。

那一次是她和洛青一起设计好的，就是故意要让江辰看见，她本以为江辰看见这些会放下对安然的念想，但她还是低估了江辰对安然的喜欢。

这种喜欢就是不管安然是否存在在江辰的世界里，只要江辰听到任何跟安然有关的消息，他都会不顾一切地出现。

还有洛青，他也是那样温柔而又坚定地喜欢着安然。

但是暴风雨要来了呢。

风雨过后，你们还能坚守得住你们心中的喜欢吗？

第二十三章　荆棘丛林

那座城市，还有那里的人，都变成心上的一片荆棘丛林。

1. 洛青

二模考完，三模还会远吗？

而三模考完，离高考还会远吗？

洛青有时候会歪头想，该如何证明自己在一个地方存在过呢？是直接跟别人说"喂，我曾在那里生活过"，还是该说什么？

而离开彭泽时又会是什么样子呢？是会坐火车，还是飞机，或者说是坐船？会有人来送别吗？会有人抱头痛哭吗？会有人依依不舍吗？

他从出生以来所有的记忆都是关于彭泽的：

街边卖玻璃弹珠的杂货铺，一块钱可以买十粒弹珠，他把它们都收在一个带盖的铁桶里，一晃就会发出清脆的声音；某一年夏天捕的蝉，在秋天里还在屋里鸣叫；小学食堂门口铺的青石板，只要下雨天一踩上去，石板的两头就会溅出泥水，惹得小女生哇哇乱叫；收在抽屉里的同学录，一字一句都还透着稚嫩的气息；还有在菜市场手里握着刀，嘴里嚼着青芒味糖果的女孩……

他该要如何才能把这一切都一并带走呢？

不知不觉他在自己的草稿纸上画了一个大大的问号，然后他又胡乱地把它赶紧涂抹掉，以掩饰自己对未来的迷茫和心慌。

不知不觉春天已经过完了，整个彭泽也从冬天的沉寂中苏醒过来，所有的树木都染了一层崭新的绿色，很快彭泽就又会荫庇在树荫之下。

而现在白日也逐渐变长，总是在放学很久以后，天都没有要黑的意思。

步行街上卖烤红薯的摊子一直在那里，一个已经脱落了颜色的铁皮桶，桶里煨着碳，然后在桶面上放着已经烤好的红薯。仿佛穿越了时间和记忆，是永恒存在的。

五块钱两个，洛青挑了两个个头适中的，拿牛皮纸袋装起来，然后拎在手里朝步行街里面走去，他到的时候安然正在专注地画画。

"今天在画什么呀？"他走到安然身边，俯下身来看着眼前还未成形的画稿。

"你马上要毕业了，我想把整个彭泽都画下来，等你毕业的时候，送给你当毕业礼物。"安然依旧专注在画上。

他的眼睛亮了一下："那你现在画得怎么样？"

"没头绪呢，彭泽这么大，想画的东西太多，反而不知道从哪里下笔了。"

他看见地面上散落着好几个纸团："离我毕业还远呢，这个不着急。"他微笑着说，"倒是你参加比赛的画想好要画什么了吗？"

"我还在想呢，想好了我就告诉你。"安然抖动着手里的画笔，然后扭过头来，"到时候你愿意陪我一起去上海参赛吗？长这么大我还没离开过彭泽呢，一个人去比赛我有点害怕。"

"好啊！到时候我陪你一起去。"他笑着把剥好的红薯递过去。

他在一旁看着安然一边啃着红薯，另一只手却一刻不停地在画稿上继续着，他就在想如果时间可以停留就好了。

但是如果时间真的可以停留的话，他该把时间停留在哪一刻呢？是在小时候安然救他的那一刻，还是在公交车上，看着她气喘吁吁跑上来，把座位让给她的那一刻，还是就是在此刻。

这几天他总是会无端生出一些伤感来，不知道是因为要毕业了，还是因为什么原因。

2. 安然

画画最大的魅力就是你看着一片空白的画纸，上面渐渐有了轮廓，有了颜色，直到最后甚至拥有了你的意识和声音。它们会在夜深人静的时候，慢慢诉说你的故事。

安然看着画架上已经晾了好几天的画稿，上面的水彩在晾干后终于呈现了最完美的状态。

这幅画现在已经完成了一大半，但是她依然觉得似乎还缺少一些什么，她又拿画布盖起来，在嘱咐过画室里的学生好几遍不要碰她的画稿之后，才敢离开。

教室里已经有夏天的气息了，头顶的风扇在呼呼地转着，安然盯着黑板，意识却早已被风扇的热风吹出去很远。

窗外的日光渐有逼人的热度，今年的夏天应该还是会像往年一样，明亮地铺展开来吧。然后那些能把人热晕的阳光，也还是会从树缝里像灯光一样打下来，照亮每一张昂起头仰望的脸。

安然以前总想为什么每一学年的结束会定在夏季,后来她才明白,也许是为了防止在冬季那样寒冷而又悲伤的季节,因为离别而更加感伤。

而洛青马上就要毕业了,他在离开彭泽的时候会不会难过呢?还是会像她一样,早就在预谋着逃离。

安然心里这样想,在收回意识的时候,目光却突然定格在教室最中央那个背部挺得笔直的人影上。从人影暴露在空气中的脖子,她可以看出他衣服底下瘦削而修长的身体,还有因为成长而愈渐清晰锐利的轮廓。

她仍能记起那次在画室里江辰放下他所有的光环,就像一个普通而又寻常的少年一样跟她说着一些普通而又寻常的事情。她记得他的笑容,不像洛青一样笑起来那么温暖,却像昙花开放时一样灿烂,总给人短暂的感觉。

可能美好的东西都是短暂的吧。

江辰现在已经彻底缄默了,他似乎变成一个不会说话的哑巴。当有人跟他说话的时候,他也似乎在想别的事。当别人说完在等他的回答的时候,他也经常久久地都没有声音。然后那个人就会重重地叹一口气,摇着头离开。

以前在学校里都是她见到江辰会故意躲开,而现在却是江辰碰到她的视线就会快速闪避过去。

也许是她那天晚上说的话太过于伤人了吧!但是她也不想去修补他们的关系,因为她想起很早以前冉赤若对她说"如果你和我抢,我不会对你客气"。她苦笑了一声,也许现在一切就是最好的安排。

本来一个端点射出来的线都会朝着不同的方向跑去,更何况是他们这种根本都不是一个端点的人,射出来的线更不会往一个方向去。

她倒是觉得莫苒最近有点莫名其妙。

不但吃午饭的时候经常主动和她坐在一起,有时候还有一搭没一搭地跟她聊着天。

起初安然还以为莫苒又是要想什么坏点子害她,但这么多天莫苒都没有展现出任何想要欺负她的迹象。

特别是前天中午洗碗的时候,莫苒一脸诚恳地站在她面前跟她说:"安然,以前的事情真是对不起,我不知道自己居然做得那么过分。"她一下就放下对莫苒的戒备,后来她们洗完餐盒回教室的路上莫苒还提起她小时候学美术后来放弃的事,笑着说没有坚持下去真可惜,还问她什么时候去参加比赛,两人就这样一路说着回了教室。

参赛的日期已经临近了,安然已经买好了跟洛青一起去上海往返的票。比赛的日期定得很人性化,刚好是在周末,这样的话他们可以在星期五下午出发,然后坐一夜火车,第二天去参加比赛,第三天返程,这样就不会耽误洛青学习,毕竟现在高三学生的时间很宝贵,轻易浪费不得。

放学以后,安然特意在楼梯口等洛青。因为上次她答应过他想好了画什么就告诉他,但洛青最近一直学习繁忙,她怕打扰到他。现在她的画稿已经完成,而这个周末就要去参加比赛了,她想带他去看看成品。

她看见洛青还在楼梯上面就微笑着向在楼下的她打招呼,洛青跑下来的时候,身上好像还带着一大团类似阳光那样温暖的东西奔向她。

这时候她的眼睛里盛着初夏下午的阳光,她甚至都能想到洛青陪自己去参加比赛的场景,真的很期待呢!

第二十三章 荆棘丛林

在看着画稿成型的时候,她就知道一切终将会好起来。那些美好的东西,会像即将展开的夏天一样,热烈而又明亮地回归。

一路上她脚步轻快,偶尔还会蹦起来去抓头顶上的树叶,洛青跟在后面老是侧着头看着她微笑。

当年救他的那个明媚小女孩终于回来了。

拐过院门,就要到画室门口,安然远远看见画室门洞开着,来画画的学生都站在门口叽叽喳喳不知道在说些什么,言语里听得出很气愤。

她一走近,有人就跟她说:"怎么办呀?"

"什么怎么办?"眼睛却瞥到画室里一地狼藉的画稿,到处泼洒的颜料,还有弄倒的画架,被撕得粉碎的画纸。

心脏在那一刻停摆,因为她清楚地看到自己的画架也被拂倒在地,上面挂着的画已经荡然无存。

下一刻她便像疯了一样冲进画室,脚底踩到的红色颜料,像是血一样殷红刺目,而铺陈在地上的画稿碎片,像是下了一场雪。

她顿时体力不支,身体一下矮下去,洛青想要去扶她,但她定定地坐在地上,用手拼命地在碎片里翻找着。

"不会的,不会的……"

但是眼前的狼藉却像唱戏时的演员,一个个盖着厚重的妆容,粉墨登场了一般。

那喧闹的锣鼓,还有涂着大黑脸的人在台上"哇呀呀!"地叫喊着。

这一切让她觉得有点眩晕,眼前顿时由滔天的色彩,变得一片漆黑。

3. 江辰

江边的风已经不像上次安然带他来时一样湿润,却依旧潮湿。他举目,小孤山依旧孤独地矗立在对面的江岸上。

渡船靠岸,他踏上去在船开动的时候把整个上半身都探出船舷去,然后张开双臂,感受着那种在风里翱翔的感觉。只片刻他便收回身子,蹲下来捂住脸,上次来他因为晕船都没有真正感受到这是一种什么样的感觉,现在他知道了却觉得无比难过。

一下渡船他就看见上次的那个炸串摊还在码头上。他走过去要了两份臭豆腐,在等待过程中,他从江的这岸看见对面同小孤山一样孤独矗立着一块石矶,他突然想起上次安然问他的问题:"这世界上真的有这样的情感吗?即使化成了坚硬的石头,彼此在孤寂的江岸上站立了千百年,依然会念念不忘?"

他想,这个世界上一定有这样的情感,就算彼此不是站在这样的两岸,而是散落在世界上的不同地方,依然会对彼此念念不忘。

他还在出神,臭豆腐已经炸好了,依然是辛辣和臭味在嘴里交错,他吃着吃着,突然有眼泪滴在餐盒里,一滴,两滴,然后再难自抑。

在收拾好情绪以后,他才又坐渡船返航,在心里默念一声"以后就是朋友"。

但在他快要到家时,口袋里手机振动得像是在索命。

等到他接起电话,冉赤若在那头用一种很怪的腔调跟他说:"江辰,你能给我讲一遍白雪公主和王子的故事吗?"

他在这头问:"你怎么了?"

冉赤若说:"就是想听你讲一遍这个故事,你讲完我有很重要的事告诉你。"

等他木讷地讲完白雪公主和王子的故事时,冉赤若在那头说:"江辰,我也有一个故事要讲给你听,你现在到某某咖啡厅来,不来你会后悔的。"

在他还想说点什么的时候,冉赤若已经挂断了电话,他听着手机里嘟了几声的忙音,不知道是该回家好还是掉转车头去冉赤若说的咖啡厅好。

而正在他为难的时候,他看见洛青目光涣散地走了回来,他叫了洛青好几声他都没有听见,还差点撞到自己身上。

洛青抬头看见是他,差点流出泪来,他看见洛青嘴唇颤抖着说:"安然出事了!"

他也瞬间变了脸色,但还是冷静地问安然出什么事了。等到洛青把安然画稿被毁的事情告诉他以后,他张着嘴却说不出任何话来,像是咽喉里被哽住了什么东西。

洛青却抓住他的袖子:"你能打通冉赤若的电话吗?我打不通她的电话……"声音悲痛欲绝。

"为什么要打冉赤若的……"他的话没说完眼里的光芒就沉下去了,他哑着嗓子开口,"冉赤若刚刚给我打了一个电话,让我去某某咖啡厅,难道……"

不要啊!

有一个声音在胸腔里呐喊。

他快速地又拿出手机,开始拨打冉赤若的电话,但传来的却是"您拨打的电话已关机。"

他和洛青都苍白着脸,那一瞬间他们只觉得大脑一片空白,等一瞬间过后他们的情绪才爆发出来。江辰赶紧把单车扔在路边就开始伸手拦计程车,但等他们到了的时候还是晚了一步,安然已经从咖啡厅里走出来。

脸上带着泪。

她看了他们一眼,决然地绕过他们,从他们的身边走开。

4. 冉赤若 & 安然 & 江辰 & 洛青

如果我们知道我们的结尾,我们是否依然会选择这样做。

如果我们知道喜欢的背面是憎恨,我们是否依然会选择这样做。

如果,如果,如果……

某某咖啡厅里,冉赤若挂了电话以后就安静地坐在靠窗的位置上。看着外面街灯亮起后,呼啸而过的汽车,行走而过的人群,她的脑子还沉浸在白雪公主和王子的故事当中。江辰略微有一些低沉的声音缓缓地在说:"白雪公主和王子结婚后,美满的生活充满了欢乐和幸福,他们一辈子都快快乐乐地在一起……"

如果所有的故事都像童话的结局该有多好!但是童话的结尾恶毒的王后在看到白雪公主和王子结婚后,她气得晕了过去,自此便一病不起,不久就在嫉妒、愤恨与痛苦的自我煎熬中死去了。

不是所有的人都是公主和王子,也有可能是恶毒的王后。

安然进来的时候,虽然自己没有向她打招呼,也没有向她微笑。但是安然没有一丝犹疑地向自己走了过来。

这间咖啡厅的名字很奇怪,就叫某某咖啡厅,并不是因为不认识上面的字而含糊地说,就是那个某某咖啡厅啦。它就是某某咖啡厅。它接待着这里的某某,某某某,还有某某某某……

就像现在在这里，这个她感觉很讨厌的女生就坐在眼前。没有她预期的讨厌，她反而涌起一股巨大的悲伤来。

她以前总觉得安然是一个很不好看的女生。扁平的五官，瘦得要被风吹走的身体，还有干枯的头发。但是如果你仔细看她，她不是长相惊艳的女生，但是非常耐看，非常容易进入人的记忆。你看着她眼睛的时候，你就会被她清亮而略显倔强的眼神吸引。她就是一株在风里摇曳的野茶花，她跟所有的人都不同。

安然在坐下来之后，身体有些发软。好像所有的力气刚刚在画室的时候，都随着地上碎裂的画稿而流失了。她的脑子里只记得一句话："你好，我是冉赤若。你的画是我毁掉的，我现在在某某咖啡厅等你！"

这句话是多么的简短而又仓促，却像一只带着尖利指甲的手，直接伸进了她的心脏，然后把她的心脏捏得粉碎，疼痛得让她失去了声音。

在嘴唇颤抖了好久之后，终于脱口而出一句："为什么？"

为什么要毁我的画稿？但是后面的字像是卡在了咽喉里，让她有点哽咽。

"因为江辰！"冉赤若笑了起来。

安然看着她，看着她眼睛上的红色眼影，好像一簇跳动的火焰。

"你还记不记得我之前对你说过的一句话，我最讨厌别人和我抢东西，如果你和我抢，我不会对你客气。"

"我并没有和你抢。"她的声音还是有些颤抖。

"你没和我抢吗？我之前就告诉过你让你远离江辰的世界，你后来为什么还要去找他，那次在红绿灯那里你当我是瞎子吗？"冉赤若情绪有些激动。

安然想了一下打算解释，冉赤若却再度开口："既然你都来了，我也不会让你白跑一趟。"

冉赤若直接把一万块钱甩在桌子上："不是听说你一直很缺钱，连去参加比赛的钱都没有吗？我也不会白毁你的画，一万够吗？"冉赤若的嘴角上扬了一下，带着讥讽。

安然看着桌上的钱，再看着眼前的冉赤若，没说话。

"不够吗？"冉赤若说着再往桌上加了一叠钱。

"够了！"

"够了吗？呵，果然穷人就是好打发。"

"我说你够了。"不想再听下去，只觉得眼前的场景让她有点恶心，"我从来没和你抢过任何东西。"

"你是想和我炫耀吗？炫耀你什么都没有做，然后江辰就围着你转，而我什么都做了，最后可怜到要毁你的画来泄愤。"

安然有点哑口无言，她突然想到像江辰这样美好的男生，无论他靠近谁，对谁好，都是对喜欢他的人的一种伤害。

冉赤若在短暂的情绪失控后就恢复了正常，她喝了一口咖啡后，说："我今天叫你过来还有一件事情要和你说。"

"什么事情？"

"我和洛青的事情。"冉赤若放下杯子，她的眼睛看着安然的眼睛，"你是不是一直觉得洛青对你特别好，但你有想过他为什么要对你好吗？"

安然的脸上已经有明显的震惊和痛楚。

"我想告诉你，从你第一次遇见洛青开始，到后来的一切，其实是我们早就计划好的。无论是那一次洛青在步行街替你解围，还是后来寒假里他经常去陪你，都是一步一步按照我们的计划进行的。"

"这不可能。"她身体有些发冷。

"这有什么不可能的，你不会真的以为，这世界上会真的有这么巧的事，在每次你出事的时候他都能碰巧路过，然后出现在你身边吧。我不妨告诉你，这一切不过是因为洛青喜欢我，想帮我追到江辰才做出的牺牲，不然你以为谁会有胃口去接近你这个丑八怪。而且你知道吗，就连你要去参加美术比赛的钱都是我出的。"冉赤若笑了起来，笑容近乎有些残酷，"你现在是不是觉得自己很可悲，一个你以为对你好的人，不过是在骗你而已。"

"这不可能！"她重复。

那些那么真切的好，怎么可能会是一个计划呢？这绝对不可能，她不相信。

"我知道你不会相信，我这里有我跟洛青联系的短信记录，你可以看看。"冉赤若把手机放在桌上，安然只看了一眼，心中仿佛有什么在瞬间轰然碎裂，是希望吗？还是什么？她只觉得刚刚进门时那种心脏撕裂的痛感又席卷上来，她抿住嘴唇，死死地捏住衣角，但身体却不自觉地颤抖起来。

"我再告诉你一个故事吧，你知道莫莩为什么突然会跟你道歉吗？"冉赤若一脸悠闲，像是说闲话的样子，看着安然的脸色苍白下去，她接着说，"那是因为我想让她从你那里得知你完稿的时间，画一幅作品不容易吧，但是破坏起来真的很简单呢！我劝你还是尽早认清现实，像你这样的丑八怪，是不会有人喜欢的。"

冉赤若的话像是一把淬了剧毒的剑，一剑一剑地捅进安然的身体。看着安然的脸色由苍白转为灰败，冉赤若的嘴角噙着笑。

这个世界上的东西，如果我不能得到它，那我就要它跟我一起毁灭。

"够了。"安然站起身来,把自己面前那一杯咖啡兜头泼在冉赤若身上,"你毁了我的画,这是我还你的。"说完安然冲出了咖啡厅。

从咖啡厅出来以后,她的泪水已经再也控制不住。

刚刚发生的一切不知为什么让她觉得很恶心,她觉得如果她再听下去的话,会忍不住吐出来。那些洛青的微笑,说的话,对她的好,甚至他对自己说的那个故事都有可能是假的,这个世界上难道还有比这更让人作呕的事情吗?

她从咖啡厅冲出来的时候,正好撞上迎面而来的江辰和洛青,在他们两个都同时叫出"安然"时,她看着他们的脸,还有他们脸上关切的神情,她分不出他们这是真的,还是假的。

她只想逃,拼命地逃,头也不回。

咖啡厅里,冉赤若正用纸巾不慌不忙地擦着头发上滴落下来的咖啡,擦着擦着她突然笑起来,只一瞬间她的泪水就和着脸上的咖啡渍一起流下来。

然后她趴在桌子上痛哭起来。

是的,这一切就是她想要的结果,但是为什么到了此刻她并没有报复的快感,却是巨大的空虚和难过,好像刚刚坐在对面的人并不是安然,而是她自己一样。

在泪水和咖啡渍黏腻地糊在脸上的时候,她打算用纸擦掉。才抬头就看见江辰站在桌子旁,他眼里明显的厌恶感并没有让她感到多惊讶,她像往常一样笑嘻嘻地开口:"江辰,我这个故事是不是比你的好?"

江辰只是站在原地看着她,但洛青却突然从他背后冲出来一把揪住她的衣领,把她从座位上拎得悬空起来,"你为什么要那么做,你想做什么我都可以帮你,但是你为什么要伤害安然!"

她看见洛青的眼睛通红，眼里都是怒气。

刚刚在门外的时候，他看着安然从他身边跑过去，他下意识地拉住安然的手，但是安然只是一脸厌恶地甩开他的手。他看见安然不顾头顶上的红灯，就直接在车流里跑过马路去，那些紧急刹车制动的声音如同在他耳膜里摩擦，然后他拔腿追上去。

而在他身后的江辰，在他跑出去以后，刚抬起的脚又黯然地放了下来。

周围的灯光，树木，人影，好像都被按了回放键在倒退，只有安然在不停地往前奔跑。他不断地呼唤她，她却越跑越远，最后他才在她再一次要强行穿越马路的时候，从背后拉住她。

在安然转脸的那一刻，他看到她满脸都是泪水。"洛青，你可以不用再来骗我了，我都知道了。"

"冉赤若都和你说了？"

"嗯，她都说了，你回去吧。"安然说的时候尽量克制自己的泪水。

在他一不留神，安然已经挣脱他的手再次跑出去，他刚要追出去，尖啸的鸣笛声就响起来，车的大灯也刺得他目盲，司机从车里伸出头来骂道："你他妈还要不要命了！"他才收回脚退回路边，再去看，眼前除了璀璨一片的灯光，再没有安然半个影子。

冉赤若在他的手心里像是一朵枯萎的花，任凭他揪她衣领的手多用力，她都只是笑着看着他，那笑容像是失了灵魂一样，然后她开口："你放手！"

失了力量，冉赤若直直坠在沙发上，她的眼睛始终看着江辰："江辰！"她轻轻地叫出口。

"你为什么要毁安然的画？"江辰的声音没有任何温度，好似一个拷问嫌疑犯的行审官。

果然你们都只会关心她。

"我想毁就毁喽,我看那个丑八怪不顺眼已经好久了。"冉赤若的嚣张气焰顿时升腾起来。

"你知不知道你毁掉的到底是什么?"

"不就是一幅画吗,你们至于这么大惊小怪吗,都跑来找我问罪。"

"那不仅仅是一幅画,那是……?"江辰有些激动,所以说话的声音略微大些,周围的看客早就在偷瞄这一桌,现在更是明目张胆地往这边看。

"那是什么,那是她的梦想对不对?"冉赤若的嘴角咧出巨大的笑容,却比哭还难看,只见她站起来走到江辰面前,眼神与江辰对峙着:"我就是要毁掉她的梦想,还有你们的。"她一个字一个字地说。

这句话像是在他们的心中洒下了一把荆棘的种子,种子顿时冲破心脉,沿着血肉从皮肤里扎出来。

然后这些荆棘长成茂盛的大树,静默地矗立在彭泽的道路两旁,它们投下的巨大树荫,把彭泽遮挡得严严实实。

以前在抬头的时候,总是会想彭泽的树木为什么可以长得这么高大,现在他们才明白,这些树木都是人心里长出的荆棘林,它阻隔了人,阻隔心,阻隔你,我,她还有他。

尾 声

我们要看时间流过掌心，才知道那时年少。

我们要看青芒散尽，才知道那是青春。

如果你在五月份的时候来彭泽，你会遇到连绵的雨季，那繁重的雨水会把所有的一切都打湿，包括记忆。

我总是会撑着伞去爬那道长长陡陡的阶梯。十年过去了，整个彭泽都仿佛变成了另外一个城市，就连曾经有过那么多回忆的乔木高中，那些教学楼也是推倒后重新盖起来的。那些我们曾经在那里生活过的痕迹，也如同枯叶一般，秋风一起，漫天飞舞，最后落地腐烂归为虚无。

但好像只有这里，永远没有变过。这里的每一块石砖上还保留着你的气息。你活在这里，你还活在彭泽。

尽管你早已经不在这里。

阶梯顶端的水泥围栏墙体已经剥落了，露出里面被雨水打湿的褐红色的泥砖。而整个底下的世界，包括远处的江面，都笼在一层青色的雾气里。

我知道很久以前，你会像我一样，以僵硬的姿势站在这里。沉默地望着远处江面上缓慢行驶过的船只。你会猜测它们是从哪个城市的港口驶出来的，又会在哪个城市的港口靠岸？

我永远都没有想过有一天你会从彭泽消失。在我的感觉里，你好像已经扎根在这里，就算所有的人都走了，你也会留在这里。

住在你对面一个上了年纪的邻居见我来，会跟我讲："你来找安然啊，她走了喽，她早就走喽。"

"她为什么走？"

听到我这么问，老人用那浑浊的眼睛望着天，似乎想了很久才想起来。

她告诉我你妈因为下半身瘫痪，身体方面恢复得不好，最后整个腿部都已恶化坏死，需要进行高位截肢。你妈一生都泼辣骄横惯了，以前你们家总是各种吵架打骂的声音，到后来却只听得见唉声叹气的声音。

她说你们都在发愁。

因为手术需要高昂的医疗费用，你爸四处筹钱。基本上街坊四邻，近的远的亲戚都借过了，手术费还是不够，最后没有办法你爸去借了高利贷。

有时候上天就是这么残忍，你妈的截肢手术做得很成功，却因为术后感染引发了严重肺水肿，等送到医院的时候，人已经没了。

你妈走后，收高利贷的人经常上门。最后在日复一日的逼债和精神压力下，你爸喝多了酒，从这个阶梯上摔下去摔死了。

最后只剩下你，在某一个清晨或者某一个午夜从彭泽离开了。

老人还告诉我说，也许你也已经死了，被收高利贷的人害死了。也许在外面被别的人给害了。总之是很惨。她说完还抹了一把泪，为你的遭遇感伤。

我知道你一定还活在这个世界上的某个地方，不管你活得怎么样，但依然会像一株野茶花一样顽强地活着。

也许你还是喜欢一切青芒口味的东西，也许你的身边已经有了爱你的人，也许你……

但是我知道终有一天你还是会回彭泽，回到这里。

这个时候我一定会勇敢地上前去跟你打招呼，告诉你，我就是当年那个傻傻的男孩子。我会拥抱你，我会告诉你我虽然没有去找你，但是我一直在这里等你！

江辰经常会给我发消息。我们有时候会聊一些关于你的事情。

多么奇怪是不是？以前我和江辰是邻居住得那么近的时候，我们却很少说话。却在我们都失去了你之后，我们却联系得频繁起来。

你也许还不知道，江辰已经搬家了，而且他已经结婚了。

但新娘不是冉赤若，在他结婚前我收到他的消息，他说："我觉得我这辈子也跳不脱我爸妈给我设定的那个框子。我马上要结婚了，你来参加我的婚礼吗？"

江辰结婚那天，来了很多人，但没有一个我认识的。他挽着他的新娘走过来的时候，我在恍惚里总觉得他挽着的是你。等到他们走到近前的时候，我才看清楚他的新娘是一个十分优雅又略显高贵女人，这个人怎么会是你。

这个时候我又想起了你，我在想这个时候你是否也在江辰的婚礼上。所以我在人群中开始寻找你，我没有找到你，我却看见了冉赤若。

在我和她目光相接的时候,我发现她也似乎在寻找着什么。

也许她和我一样,也在寻找你。

她举起她的酒杯,遥远地向我致意。隔了那么远,我看不清她的表情。这个女孩,曾像一团火,焚烧了我们所有人的青春。

如果没有她,我们的青春会怎样结尾呢?

我还记得那天下午在画室里。头顶的日光灯管照射下来的光,就仿佛是末日投射下来的最后一丝光芒,随后整个世界都将堕入一片无边的黑暗里。

我看着你瘫坐在地上,眼前地板上被刻意毁坏的颜料,像是一块块踩在鞋底上的泥,被人从外面带了进来,然后使劲地在地板上蹭,想要把它蹭掉,然后留下一地狼藉而又刺目的痕迹。那些被撕得粉碎的画稿就像是一块块扎手的碎玻璃。我看着你像一个拾荒者一样,在地上不断地翻找着,把那些碎片紧紧地握在手心里。

那一刻我的心和你一样坍塌了,我还记得你说:"怎么办洛青,我已经订好了往返的火车票呢,但是现在好像去不了了!"

我已经记不清那时你脸上的表情是在哭还是在笑,但是那种巨大的难过,好像是把整个心脏连着血脉一起从身体里拔出来。

但是再大的难过也比不了你从咖啡厅走出来,你看我时那一刻的难过。那时你应该对我失望透了吧,毕竟曾经在你的眼里是把我看作天使一样的存在。

当你问我,我的翅膀呢?我说我把它借给一个女孩了,我希望她也可以飞翔。

你不知道,我有多希望我真的是你的天使,那样纯粹干净。而我真的有翅膀可以借给你飞翔,如果你能够飞翔,我宁愿一辈子留在大地上,抬着头,仰望着你。

但是安然,我能怎么办呢?毕竟我不是真的天使!

江辰的那场婚礼还真是漫长呢!漫长得我以为会像我们的青春一样,没有尽头,没有结尾。但是它还是结束了,也像我们的青春一样,没有预告性地,戛然而止了。

等到我走出酒店大门的时候,冉赤若在门口抽烟。

十年了,她好像还是那天我在废墟上看见她时的那个样子,一点都没苍老。我好像永远也不能忘记那天我见她的样子,她穿的红裙子,像一朵盛开的红硕花朵,带着热烈而又悲伤的气息靠近我,跟我说:"你喜欢安然是不是?"

每次一想起她我都觉得她要开口对我说这句话。

但她只是把烟气吐在我的脸上,然后微微昂起了头,我在那朦胧的烟雾里还是看到了她脸上的泪痕。我抬手截下了她的烟,对她说:"别抽烟,对身体不好!"

她却睁大了眼睛对我说你也跟她说过一样的话。

那天我跟她坐在上海人来人往的酒店门口,看着上海那被楼房遮挡住的残缺天空聊了很久。因为在这个世界上唯一能同我聊起你的人,就只有她和江辰。

她笑着问我是否恨她,恨她当年我跟她明明说好了合作,最后她却反悔了。其实我没有任何理由去恨她或者怪罪她,毕竟这一切好像从一开始就注定了,无论我们做怎样的抉择,都会走向这样的结果。

后来我们还聊到彼此现在在做什么,她跟我说她现在在帮她的父母打理生意。她说以前她很讨厌她的父母不关心她，只是给她塞钱。

她说那次她跟江辰跑到墨尔本去，后来回来的时候他的父母就不给她打钱了。她说她当时义愤填膺地跟她的父母说"我才不要你们的臭钱"。她说现在她才发现那个时候是有多幼稚，觉得感情就是感情，怎么能拿金钱来替代呢！但是如今她宁愿她的父母多给她一些钱，不要跟她谈感情。

因为感情是这个世界上最可悲的东西，比金钱还要可悲。

她问我是不是很讽刺，很矛盾？

我说嗯。

她也问我现在在干什么，我告诉她我什么都没干，只是留在了彭泽。

她说真好，至少还有我在等你！最后她走了，在走的时候她对我说："祝你好运！"

嗯，我也想祝我自己好运！

你还记得当年在雨里我让你伸手，然后我说我要把我最珍贵的东西给你，你知道那是什么吗？

我知道你肯定不知道，那我现在告诉你，那是我全部的爱呀！

你能感受到吗？

——洛青

他把这封信写好，装在信封里。没有贴邮戳，没有写地址。只写了一个收件人的姓名——安然。

在他早上起来开着破三轮去江边拉鱼的时候，顺手丢在了街角的邮筒里。

以前他听安然说过彭泽三四点的凌晨,能隐隐从黑暗中看见天空里有一层发白的云,好像拨开那层云天就彻底亮了。他抬头从破三轮前面那发蒙的玻璃里,望了一眼头顶的天空,天上现在依然有星,却已经很稀寥,好像风一吹它就散了。月亮高高地挂在天宇上,像是一个孤独的人,她用她那哀悯的眼神注视着大地上的一切生物。

也注视着他。

到江边的时候,他看着被渔船大灯照亮的那一片江面,是深不见底的黝黑,还有江对面隐约浮现的几点灯火。

有人叫他:"阿青,哦呦,今天来得比昨天还早咧!快,快上船来,给你看看昨夜捞的鱼!"

他跟上船去,鱼全在船舱里活蹦乱跳。

"这鱼个头挺大嘛!"他说。

"那是!过来,我给你看看最新拉起来的这网。这可是最新鲜的,怎么样?"

他看了看那还悬挂着未放下来的网。他说:"老板,这网鱼全是留给我的?"

"嘿嘿,以后阿青你来,我都把这最活的鱼留给你。"

这时候他又在发呆,他想以前清早那个女孩来江边的时候,是否也会有人这样叫她,说"只要安然你来,我就留最活的鱼给你!"

鱼装好,他又会开着他的破三轮往菜市去,破三轮碎裂的声音好像惊醒了一整条街。

然后整个菜市,街道,行人,都开始活泛起来。

一开始他的杀鱼技术真的很烂,鱼在案板上蹦蹦跳跳的。但是总有一个声音在他耳边说：

"杀鱼需要先把鱼敲晕，就这样当头一刀背，鱼立马就不动了。之后就要开始刮鱼鳞，也是用刀背刮，逆着鱼尾的方向往上打。鱼鳞刮了就开始切鱼肚，要沿着肚皮直直地切。切开以后千万小心不要弄破了鱼的苦胆，虽然只有那么一点，却能苦遍鱼的全身。"

而且他经常会在不出摊的时候去坐80路公交车。80路公交车这么多年还是没有更改路线，它永远都在乔木高中和去画室的那条路上行驶，一遍一遍一遍的，永不知道疲倦。

画室里，依然有人在沙沙地画着画，那声音就像是风吹过白桦林一样。他走进去，就能看见冉赤若当年泼的颜料还残存在墙壁上，已经斑驳成一道时光的印子。

佘老师说："我知道终有一天会有人要回来看它。"

而佘老师在说话的时候，还在临摹着王羲之的《兰亭集序》。每次临摹完他总是会摇摇头，嘴里说不像。后来他才发现佘老师一直在临摹的不是王羲之写的那篇《兰亭集序》，而是一个女人写的一篇。

而这个女人就是当初让佘老师留在彭泽的那个女人。

佘老师告诉他，当年遇上那个女人的时候，他已经是一个小有名气的画家，来彭泽举办画展。而女人正好去看他的画展，在画展上女人放在包里的墨水瓶，在翻找东西的时候，掉下来摔碎了，把他摆在地上的一幅画污掉了。当时女人说我赔不了你的画，因为我不是画家，但是书画不分家，我可以在有墨点的地方，帮你写点字上去。

说完女人就从包里掏出毛笔，蘸着地上的墨汁，在他的画上挥洒起来。

后来佘老师就爱上了这个女人，并且为她留在了彭泽。但是女人却不爱他，她爱的是跟他一起来办画展的另一个画家。那时候佘老师很年轻，很冲动。他找人让那个画家陷入了抄袭的风波。即使是这样，女人也没有离开那个画家。

在她离开彭泽的时候，她送了这幅临摹的《兰亭集序》给佘老师，说："谢谢你的爱，可是我并不爱你！"

多么残忍的一句话啊！强过了这个世界上所有锋利的刀和刃。

所以有时候比起没有安然的消息，他更害怕听到安然也会这么跟他说："谢谢你的爱，可是我并不爱你！"

从画室出来他又会去步行街买烤红薯，还是那个摊子，但是烤红薯的价格已经变了，不再是五块钱两个，变成了十块钱一个。

他依然还是会买两个，揣在怀里。他记得以前天冷的时候他总是会买了把它揣在怀里，然后去步行街找安然。等走近的时候，安然总是不知晓他已经过来了，他就会在旁边安静地等着安然把肖像画完。客人走后他就走过去把剥好的红薯递给她。安然接过去，咬了一口后也总是会说："还是这家的烤地瓜最好吃！"然后她会微眯着眼睛笑起来，他看着她的眼睛，里头好像住了一头小鹿，清亮而又灵动。

现在那头小鹿还住在安然的眼睛里吗？

来菜市场买菜的有些阿姨还会记得他，说："哎呀，你不是当年跟那个女孩子一起在这里卖鱼的那个男生吗？"

然后他就会呵呵笑着说："是啊，阿姨，您还记得呢，真是好记性！"

在他把鱼递过去的时候，一个快递员一直在摊子外等着：

"请问谁是洛青,有你的包裹。"当他把包裹拿在手上的时候,他很好奇会是谁寄来的。而当他撕开包装的时候,他的泪水已经难以抑制。

这些泪水在身体里积蓄了十年,就等着某一天有一个人回来拧开龙头,然后所有的等待,难过,思念都会流泻出来。

而旁边来买菜的人也很好奇地看着这个突然就哭泣起来的男人,看着他颤抖着从包裹里拿出一封信,打开。

你好,洛青!

我不知道该不该给你写信。

当初你帮我粘起来的画,我打算把它寄还给你,因为我一直欠你一幅毕业的礼物没有给你。

我不知道画寄回去的时候你还在不在彭泽,也许你们都离开了,都去追求自己的人生去了,但我还是想把这幅画寄回彭泽去。

彭泽真是个奇怪的地方,以前我在彭泽的时候,我总是想着要逃离。

那时候我总是在想,如果有个人在路上跟我说:"我带你走!"无论是谁,我都会跟他走。但是等我真正离开的时候,无论我去到哪里,我都会想起彭泽,想起你,还有你们。

最近我做了一个梦,梦里有你,有江辰,还有冉赤若。在梦里我们还是十年前的样子,还是在乔木高中。我梦到我们并肩一起走在路上,唱着一些奇怪的歌谣,我们都在笑。我知道这都是我的一些痴想,才造成的梦境。但可能我的心里曾真实地渴望过,所以它才会出现吧。

当年冉赤若毁了我的画稿，我不知道为什么却从来没有恨过她。因为那天她找我的时候，我看着她，不知为什么我觉得她的难过并不比我少。在这个世界上最爱江辰的人应该就是她，那时候我曾在学校里见过她在垃圾桶里翻找江辰扔掉的她写给他的情书，还有某些下课的时候，我会在走廊上看见，冉赤若躲在停车场拐角那里看着江辰从楼梯上走下去……很多这样的时候。跟冉赤若比起来，我觉得我那些微不足道的喜欢都不能跟她比。

还有江辰，我一直觉得他是这个世界上最孤单的孩子。他像是一个装在精美包装里的玻璃娃娃，那样透明纯粹，但是他一离开包装就会很容易摔碎。在梦里，我看见他能够那样开怀地笑，我想，那应该是我一直对他的期望吧。

还有你，洛青。你就像是我生命里一道明亮的光，带着我一起奔向那繁盛的青春。因为有你，我才没有觉得那些日子晦涩难挨。

很多时候我都在想，我们的青春到底像什么呢？好像就是一颗青芒果，当年嚼的时候酸酸涩涩的，让人想皱眉。但是经过十年的沉淀以后，那些酸涩的味道，似乎在渐渐回甘。

而我也在后来好多年后才想明白冉赤若说的那个拙劣的谎言。当年冉赤若说你接近我所有的一切都是你们早就设计好的。

后来我才记起来，那个早起让给我公交座位的男孩子就是你，还有那次在食堂里我哭泣的时候，站在我背后的那个人也是你，还有一次我在贴吧里被人黑的时候，有个陌生号码给我打电话，只说了一声"对不起我打错了"的也是你。

如果这一切真的如冉赤若所说,你真的只是想骗我的话,没有必要连这些细枝末节都做到。

我知道我离开彭泽以后,你肯定会很担心我。你是这个世界上除了我爸妈以外最关心我的人,所以我希望你千万不要自责,觉得是你伤害了我。

你还记得当年我在雨里叫你伸手,说我也给你一样东西吗?

也许你忘记了,毕竟这么多年都过去了。

你知道当年我要给你的东西是什么吗?

我想你肯定猜不到,那是我给你的感谢呀!

感谢你给予我的关心,给予我的陪伴,还有你给予我的爱。

所以每一次当我坚持不下去的时候,我总是会看见你变成天使来解救我,跟我说:"不要害怕,我会保护你!"

我想告诉你,你一直是我生命里的天使。

我不知道我什么时候会回彭泽,但是我一定会回去的!

也许我回去的时候你已经结婚很多年,有了小孩,有了温柔的妻子。也有可能你已经不再会想起我,但是不管怎么样,我都一直在挂念你。

洛青,请你一定要幸福!

——安然

他把那幅破碎但是被胶水一点点粘起来的画从包裹里拿出来,过了这么多年,画上覆盖着的浓厚油彩依然没有褪色。

当年他去画室里把所有被撕裂的画的碎片都带回了家,然后一块一块地在碎片里寻找出属于这幅画的碎片。但是当他把它粘起来的时候,这幅画依然是残缺不全的。

但是如今安然已经把这幅残缺了的画用油彩在上面补了起来。

那画上是一个半个身体陷在泥沼里的女孩子,她的背上有着洁白的翅膀,她的头向上仰着,因为有裂缝的关系,看不出来她是在哭泣还是在微笑。

而那画上黑暗的虚空里,伸出来的两只手,就像那一夜江辰和他一样,他们都想伸出手去拉她。

但是她不知道该把手伸向哪只。

好像伸向了谁,另一个人都会受伤。所以她选择了让自己沉沦!

洛青把这幅画挂在自己的卧室里,每一次他父母看见的时候总是会叹气,他们都劝他不要再等,人生能再有几个十年能拿来等待,但他都是沉默不语。

她说过,她会回来的。

今天早起的时候,天上已经飘下了雪,就像那一年冬天期末考试一样,整个世界都是一片纯白。

他哈了一口气,跺了跺脚,就冒着雪往外走,没走一会儿,他抬起头来看着那些落下的雪花,他不禁在心里疑惑,为什么这些雪花落地的时候不会砸伤人呢?

也许是因为它也是带着对人的眷恋才落到这个世界,所以才不会砸伤人。

等走到乔木高中的时候,他才发现学校已经放寒假,校门紧闭。

他在外面怔怔往里面望,却发现里面有一道脚印从大门直接通往里面。是谁翻越了校门,进到里面去了?

在他一眨眼的时候，那一片纯白里渐渐走出一个有色彩的人来，那个人的眉眼是他在心里想念了无数次的眉眼。她的眼神依旧还是那么清亮，就如同生长在山间的野茶花，带着倔强生长的力量。

他顿时屏住了呼吸，害怕这只是一个梦境，只要他一呼气就会碎裂。

雪还在无声地下着，慢慢加深这个世界的纯白。在她向他走来的时候，雪花好像蓦然停住，然后他在空气里听见：

"洛青，我回来了。"

青春是一条你我终将蹚过去的河流，只是我们在渡河的时候，会一不小心踩到那湍急河水里的玻璃碴。玻璃碴深深地扎在脚心里，流出殷红的血液，我们会一边哭泣，一边蹚过去。等到我们上岸的时候，会把这些玻璃碴一一拔出来，然后这些伤痛，会在经年以后慢慢愈合，慢慢释然。

只不过我们再也不能回到河的对岸，我们只能带着这些伤口，继续勇敢地活下去。